台灣の讀者の皆さんへのコメント

海を越えて旅したことのない私の書いた小説が、
海を越えて多くの讀者の皆様のもとに届いていることを、
心から嬉しく思っています。
この作品も、どうぞお樂しみいただけますように！

致親愛的台灣讀者

從未出國旅行的我，
這次很高興自己寫的小說能跨海與許多讀者見面，
希望這部作品能帶給您無上的閱讀樂趣。

宮部みゆき

ぼんぼん彩句

凡凡彩句

宮部美幸現代俳句小說集

宮部美幸
みやべみゆき　劉子倩──譯

作品集／78
MIYABE MIYUKI

凡凡彩句：宮部美幸現代俳句小說集

Contents

導讀 張亦絢

進入「宮部美幸館」，就是進入最具原創力與當下性的新新羅浮宮

宮部美幸並不是不容錯過的推理作家——她是不容錯過的作家。她不只值得我們在休閒時光中，一飽推理之福，也為眾人締造了具有共同語言的交流平台，讓我們得以探討當代的倫理與社會課題。

在這篇導讀中，我派給自己的任務，是在高達六十餘部作品中，挑出若干作品，介紹給兩類讀者，一是還未開始閱讀宮部美幸者；二是面對她龐大的創作體系，雖曾閱讀一二，但對進一步涉獵，感到難有頭緒的讀者。

入門：名不虛傳的基本款

在入門作品上，我推薦《無止境的殺人》、《魔術的耳語》與《理由》。

《無止境的殺人》：對於必須在課業或工作忙碌時間中，抽空閱讀的讀者，短篇集使我們可

以自行調配閱讀的節奏——小說其實具備我們在小學時代都曾拿到過的作文題目旨趣：假如我是×××——本作可看成「假如我是某某的錢包」的十種變奏。擬人化的錢包是敘述者。如何在看似同一主題下，變化出不同的內容，本作也有「趣味作文與閱讀」的色彩，是青春期讀者就適讀的想像力之作。短篇進階則推《希望莊》。從短篇銜接至較易讀的長篇，《逝去的王國之城》則是特別溫馨的誠摯之作。

《魔術的耳語》：這雖不是作者的首作，但卻是作者在初試啼聲階段，一鳴驚人的代表作。北上次郎以〈閱讀小說的最高幸福〉讚譽，我隔了二十年後重讀，依然認為如此盛讚，並非過譽。媚工、心智控制、影像——分別代表了古老非正式的「兩性常識」、傳統學科心理學或醫學、以至商業新科技三大面向的操縱現象及後遺症——這三個基本關懷，會在宮部往後的作品，比如《聖彼得的送葬隊伍》中，不斷深入。雖是作者的原點之作，也已大破大立。

《理由》：與《火車》同享大量愛好者的名作；雖然沒有明顯資料顯示，是枝裕和的《小偷家族》受到《理由》一書的影響，但兩者除了有所相通，寫於一九九九年的《理由》更是充分顯露宮部美幸高度預見性天才的作品。住宅、金融與土地——社會派有興趣的主題，偶爾會得到若干作家略嫌枯燥的處理——《理由》則以「無論如何都猜不到」的懸疑與驚悚，令人連一分鐘也不乏味地，就看完了批判經濟體系的上乘戲劇。說它是「推理大師為你／妳解說經濟學」，還是稍微窄化了這部小說。除了推理經典的地位之外，也建議讀者在過癮的解謎外，注意本作中，無論本格或社會派中，都較少使用的荒謬諷刺手法。

冷門？尺度特別的奇特收穫

接著我想推三部有可能「被猶豫」的作品，分別是：《所羅門的偽證》、《落櫻繽紛》、與《蒲生邸事件》。

《所羅門的偽證》：傳統的宮部美幸迷，都未必排斥她的大長篇，比如若干《模仿犯》的讀者非但不抱怨長度，反而倍受感動。分成三部、九十萬字的《所羅門的偽證》可能令人遲疑，節奏太慢？真有必要？事實上，後兩部完全不是拖拉前作的兩度作續，三部都是堅實縝密的推理。最後一部的模擬法庭，更是將推理擴充至校園成長小說與法庭小說的漂亮出擊：宮部美幸最厲害的「對腦也對心說話」，更是發揮得淋漓盡致。此作還可視為新世紀的「青春冒險小說」。說到冒險，過去的未成年人會漂到荒島或異鄉，然而現代社會的面貌已大為改變：最危險的地方，就在「哪都不能去」的學校家庭中。誰會比宮部美幸更適合寫青春版的「環遊人性八十天」？少年少女之於宮部美幸，恰如黑猩猩之於珍．古德，或工人之於馬克斯，三部曲可說是「最長也最社會派的宮部美幸」。

《落櫻繽紛》：「療癒的時代劇」，本作的若干讀者會說。但我有另個大力推薦的理由，我認為，這是通往小說家從何而來的祕境之書。除了書前引言與偶一為之的書名，宮部美幸鮮少掉書袋。然而，若非讀過本書，不會知道，她對被遺忘的古書與其中知識的領悟與珍視。如果想知道，小說家讀什麼書與怎麼讀，本書絕對會使你／妳驚豔之餘，深受啟發。

《蒲生邸事件》：儘管「蒲生邸」三字略令人感到有距離，然而，融合奇幻、科幻、歷史、愛情元素的本作，卻可說是一舉得到推理圈內外矚目，極可能是擁護者背景最為多元的名盤。如果對「二二六事件」等歷史名詞卻步，可以完全放下不必要的擔憂。跳脫了「你非關心不可」與「你知道也沒用」兩大陣營的簡化教條，這本小說才會那麼引人入勝。我會形容本書是「最特殊也最親民的宮部美幸」。

以上三部，代表了宮部美幸最恢宏、最不畏冷門與最勇於嘗試的三種特質，它們有那麼一點點專門的味道，但絕對值得挑戰。

中間門：看似一般的重量級

最後，不是只想入門、也還不想太過專門——介於兩者之間的讀者，我想推薦《誰？》、《獵捕史奈克》與《三鬼》三本。

《誰？》：小編輯與大企業的千金成婚，隨時被叫「小白臉」的杉村三郎成為系列作中，業餘到專業的偵探。看似完全沒有犯罪氣氛的日常中，案中案、案外案——至少有三案會互相交織連鎖——其中還包括一向被認為不易處理的陳年舊案。喜歡生活況味與懸疑犯罪的兩種讀者，都容易進入；宮部美幸還同時展現了在《樂園》中，她非常擅長的親子或手足家庭悲劇。動機遠比行為更值得了解——這不但是推理小說的法則，也是討論道德發展的基本認識：不是故意的犯罪、不得已的犯罪與不為人知的犯罪，為何發生？又如何影響周邊的人？除了層次井然，小說還帶出了「少女勞動者會被誰剝削？」等記憶死角。儘管案案相連，殘酷中卻非無情，是典型「不犯罪外，也要學會自我保護與生活」的「宮部伴你成長」書。

《獵捕史奈克》：主線包括了《悲嘆之門》或《龍眠》都著墨過的「復仇可不可？」問題。節奏快、結局奇，曾在《魔術的耳語》中出現的「媚工經濟」，會以相反性別的結構出現。本作是在各種宮部之長上，再加上槍隻知識的亮眼佳構。光是讀宮部美幸揭露的「槍有什麼」，就已值回票價——何況還有離奇又合理的布局，使得有如公路電影般的追逐，兼有動作片與心理劇的力道。雖然不同年齡層的男人互助，也還是宮部美幸筆下的風景，但此作中宮部美幸對女性的關愛，已非零星或一閃而過，而有更加溢於言表的顯現。

《三鬼》：《本所深川不可思議草紙》的細緻已非常可觀，《三鬼》驚世駭俗的好，並不只是深刻運用恐怖與妖怪的元素。它牽涉到透過各式各樣的細節，探討舊日本的社會組織與內部殖民。以兼作書名的〈三鬼〉一篇為例，從窮藩栗山藩到窮村洞森村，令人戰慄的不只是「悲慘世界」，而是形成如此局面背後「不知不動也不思」的權力系統。這是在森鷗外〈高瀨舟〉與〈山椒大夫〉譜系上，更冷峻、更尖銳也可說更投入的揭露——看似「過去事」，但弱勢者被放逐、遺棄、隔離並產生互殘自噬的課題，可一點都不「過去式」。雖然此作最令我想出聲驚呼「萬萬不可錯過」，不代表其他宮部的時代推理，未有其他不及詳述的優點。

透過這種爆發力與續航性，宮部美幸一方面示範了文學的敬業；在另方面，由於她的思考結構具有高度的獨立性與社會批判力，也令人發覺，她已大大改寫了向來只強調「服從與辦事」的「敬業」二字的含意。在不知不覺中，宮部美幸已將「敬業」轉化為一系列包含自發、游擊、守望相助精神的傳世好故事。

進入「宮部美幸館」，就是進入最具原創力與當下性的新新羅浮宮。

本文作者簡介

張亦絢

巴黎第三大學電影及視聽研究所碩士。早期作品，曾入選同志文學選與台灣文學選。另著有《我們沿河冒險》（國片優良劇本佳作）、《晚間娛樂：推理不必入門書》、《小道消息》、《看電影的慾望》，長篇小說《愛的不久時：南特／巴黎回憶錄》（台北國際書展大賞入圍）、《永別書：在我不在的時代》（台北國際書展大賞入圍）。二〇一九年起，在BIOS Monthly撰寫影評專欄「麻煩電影一下」。

呼喚枯萎向日葵，有那廝回首

敦子連路線圖也沒看，直接跳上駛來的公車。從這個就在職業介紹所旁，向來只是路過的公車站，搭乘車身側面有兩條紅線的公車。這班公車採用她不熟悉的上車取券下車付款的方式，前方的車資告示牌上羅列著從兩百圓至一千八百圓的數字。

九月的第一個星期五，下午兩點剛過。雲層雖多，縫隙之間照下的陽光卻熾烈如炎夏。等紅燈的十字路口有個加油站，柴油、普通汽油、高級汽油的今日價格表下方，可以看見也顯示著現在的氣溫。三十三．二度。

車上很空。零星散坐著乘客。她在最後一排的左邊坐下把額頭抵在車窗玻璃上，車身的震動令腦袋搖晃。冷氣很強，身上的汗都收了，甚至立刻感到有點冷。

敦子是在二月中旬辭去工作。收下花束，被大家的笑容和掌聲歡送的那天下著冰雹。一走出公司，冰雨打在包裹玫瑰和滿天星花束的透明玻璃紙上發出細微聲響。撐傘送她到計程車招呼站的同事笑著說，六月新娘固然好卻是梅雨時節，所以婚禮那天說不定也會下雨，可別選在戶外花園辦婚禮喔。

嗯，這點我考慮到了。敦子當時如此回答，自己也笑了。之後過了一個月，未婚夫來訪，看著敦子的眼睛，說要取消婚約。

車內播放的廣播是女聲。和敦子每天早上看NHK氣象預報單元出現的氣象預報員的聲音很像。像得甚至令人懷疑是不是那個預報員兼差錄製公車廣播。氣象預報員應該不是NHK的職員，所以就算另有兼差副業也不成問題。或者那本來就不是副業？兩者都是可以賺錢的正職？

乘客雖少，公車卻一站也沒漏掉，逐站停車開關車門。有時有人下車，也有時有人上車。在狹小的市區道路和對向車道的公車錯身而過時，司機會舉起戴著白手套的手互相打招呼。敦子雙手的食指長，雖然立刻選妥婚紗，唯獨白手套始終找不到完全合適的。公車司機是否也會為那種事情困擾？世間各種「職業需要戴白手套」的人們，是否會為那種事情困擾？

她和未婚夫交往了三年。敦子是在交往屆滿兩年時感到，自己一定會和這個人結婚。加班結束打電話給對方，他說正好當天也出差回來剛抵達車站，因此相約一起共進遲來的晚餐。他們常去的餐廳內，有個時尚的小酒吧。

敦子到得較晚，可以看見玻璃窗內他坐在吧台高腳凳的身影。面對雪利酒杯，神情非常嚴肅，雙腳併攏放在高腳凳的腳架上。看起來就像小學男生拚命裝大人坐在高高的高腳凳上。然後敦子察覺自己並不知道此人真的是個小學男生時的往事，在今後的人生中這個人的事情她全部都想知道。

之後沒過多久對方就開口求婚她也答應了。他也說出那晚在吧台的高腳凳上，其實正在考慮要和敦子結婚。所以你的神情才那麼嚴肅啊。不是的，我是在想萬一被妳拒絕該怎麼辦。

雙方的老家都很遠，所以先去拜會彼此的父母稟告婚事，慌慌張張地開始籌備婚禮。認真討論婚後的生活規劃。彼此意見達成一致，都希望早點生孩子，最好生兩個，自然也就縮小了選擇範圍。未婚夫的工作繁重也會調職，但是福利很好。敦子沒有當女強人的志願，薪資也不高，工作也不需要特別的技能。和他從公司得到的各種津貼補助相比，敦子找不出理由繼續待在目前的公司，因此決定離職回歸家庭。他們還說好了等兩人的生活安定下來她就去找兼職，工作到懷孕生產為止。

明明應該是看過多次的公車，敦子卻從未正眼看過標示。剛才上車時也沒確認。這輛公車是開往何處？從市區道路上了國道，前方出現高速公路入口的指標。如果付一千八百圓的車資，這輛路線公車不知能帶她去多遠的地方。會把敦子帶到不回來也已無所謂的地方嗎？

未婚夫的老家在南方的觀光區，父母開了一家使用當地食材的餐館。他是家中次子，哥哥嫂嫂在餐館幫忙。父母對於大學畢業去東京進入知名企業上班的次子頗感驕傲，做出一桌有專業技術掛保證的家常菜招待敦子。兄嫂也從一開始就態度殷勤，還告訴她很多未婚夫小時候的故事。

拜見敦子父母之行也很順利。雙方碰面時，父母比他還緊張。敦子的父親似乎立刻就對他很滿意，頻頻勸酒，結果父親自己反而先醉倒。敦子是獨生女，母親含著淚光說，婚事確定雖然開心但還是有點不捨。

國道上的公車站牌間距變長了。車上乘客除了敦子只有另外三人，其中兩人在「縣立青葉球場西門前」這一站下車。公車再次發動，球場的看台清晰可見。觀眾席上有三三兩兩的觀眾。場內似乎正在比賽。

她突然很想在下一站下車往回走，去那個棒球場看比賽。她想在觀眾席最高處坐下，放眼眺望寬闊的球場。但是距離下一站的距離很遠，望著被強烈陽光照耀的柏油路面人行道，她實在懶得走回去。結果，即使下一站接近，敦子也沒有按下車鈴。

下下一站是在有特快車停靠的大車站旁，五、六名乘客上車。之前一直同車的乘客下車了。那是個穿著鮮豔天藍色襯衫的男性，下車時一度轉頭望向這邊，原來是個鬍子花白小腹微突的大叔。身材很像之前的上司。

上司夫妻本來預定在婚宴作為敦子這邊的來賓出席並且上台致詞。和未婚夫拿著喜帖去上司家拜訪時，不只是夫妻倆連他們就讀高中的女兒都熱情款待。婚約取消後敦子獨自去報告並道歉時，上司對未婚夫的行為非常氣憤，夫人很關心敦子，談話期間他們的女兒甚至哭了。

上司說敦子很難重回原來的職場，就算有可能敦子八成也會待得不自在，所以會替她向客戶及相關公司打聽就業機會。敦子只能低頭致謝。

還在上班時，這位上司嚴格說來有點莫測高深。與其說嚴厲毋寧是帶點陰沉，讓人猜不透他在想什麼。這不只是敦子個人的印象，同事也是如此評價。當初邀請上司當婚宴來賓還是未婚夫提點的。他說不能把入職以來一直照顧她的上司排除在外。

那麼細心周到會做人的他，卻在一邊與敦子論及婚嫁的同時也和公司同期的女同事交往。當他說出對方已懷孕，所以必須與敦子解除婚約和對方結婚時，態度相當大義凜然。那種神情，就像是要克服什麼天大困難的男人。敦子覺得好像在哪看過這種表情，卻怎麼想都想不起來。

後來她看自己的書架，這才發現是來自描寫全世界第一個獨自無氧攀登珠穆朗瑪峰成功的登山家的書。那本書的卷頭，刊出登山家把釘子踢進冰壁的照片。那是未婚夫告訴敦子內容很有趣特地借給她的書。

之後是一連串的傻眼。她對未察覺未婚夫劈腿的自己感到傻眼。對那個女同事來找敦子，哭訴對他而言自己才是正牌女友，而敦子是第三者的態度傻眼。對他聲稱一切都是自己的錯，正因如此必須對即將出生的孩子負起責任的說詞傻眼。對未婚夫的父母只說會給她一定的金錢補償，其他事項叫她透過律師談的作法傻眼。對爸媽氣了又氣結果氣過頭，最後父親血壓上升病倒，母親哭泣過度引發中耳炎，打電話叫她既然已經辭職閒著沒事幹，不如回家做家事的說詞傻眼。對朋友自以為了解地開導她說那是父母關心的說教傻眼。對通知賓客婚禮取消的道歉函印刷費和喜帖一樣貴傻眼。對那道歉函居然還有固定模版傻眼。原來婚事和砂糖糕點一樣易碎。

敦子沒怎麼哭。一個人發呆時當然也會掉眼淚，但淚水總是立刻就乾了。交往期間和未婚夫拍的照片，原本全部都以照片檔放進電腦保存，所以只要刪除就行了。訂婚儀式的紀念照是在飯店的攝影室拍的所以加上了氣派的封面和襯紙，是用廚房瓦斯爐燒掉的。味道很臭。

車身側面有兩條紅線的公車，一路沿著國道行駛。穿過市區後，周遭景色逐漸變化。高樓和公寓消失，樹籬和木板圍牆環繞的古典大宅一一映入眼簾，田地和塑膠大棚溫室出現。敦子覺得很像出門遠足。

敦子不會暈車。遠足時就算車上隔壁座位的同學大吐特吐，她也不會跟著吐，所以經常被指派照顧同學。精神強悍的小學生，成了就算像過季的海灘夾腳拖，那樣遭人拋棄也不會壞掉的成年女人。縱使和那個女同事立場顛倒，敦子也會和他分手獨自生下孩子獨自養育，做個單親媽媽。她認為那是不會受人影響跟著嘔吐的生存方式。

公車在下一站停車，一人下車一人上車。那個公車站牌位於大棚溫室塑膠膜已經破破爛爛，如窮酸鬼魂的乾涸田地正中央。下車的是穿西裝的男人，上車的是穿著清爽亞麻長褲套裝的女人。這片田地的某處，或許有政府某祕密機構的暗門。能在那種地方工作的話想必很有意思。就算今後必須永遠舔舐遭到背叛的心靈創傷活下去，起碼工作時應該能夠愉快度過吧。

之後又過了兩站，乘客只剩下敦子一人。距離終點站還有三站。敦子沒有按下車鈴，公車站牌也沒有等公車的人，公車一一略過。和NHK氣象預報員的聲音一模一樣的女聲廣播平淡地繼續。到目前為止已經一次又一次重複「下車時請按鈴」、「車門無法開關請退後站立」。如果不是錄音，這份工作會很煩。以前的車掌真辛苦。想必遠比在田地中央的政府祕密機構通勤上班更辛苦。

抵達終點站的廣播終於響起。終點站是「休憩之丘市民公園入口」。彷彿和「丘」這個字眼卯上了，公車的引擎咆哮著開始爬坡。但是坡度其實沒有陡峭到需要咆哮。「丘」都這麼卯足全力了，萬一是「山」怎麼辦？小學遠足時把敦子這些學童載到山上的巴士是用什麼聲音咆哮的？總是忙著照顧暈車同學的敦子已經不復記憶。

公車抵達終點，司機終於頭一次用麥克風廣播。司機說下車時請不要忘記隨身物品，感謝您的搭乘。敦子沒有零錢，掏出五千圓大鈔支付一千八百圓。司機出聲數了三千二百圓找給她。

休憩之丘市民公園前是圓形的公車轉運中心。除了敦子下車的公車站牌，還有很多公車的總站。轉身從正面仰望剛才搭乘的公車，顯示目的地的跑馬燈轉換成開往「市立藍天綜合醫院」。當初確定婚事後，敦子就在那家醫院的牙科拔掉兩顆智齒。這是母親建議的，說是婚前先拔掉智齒比較好。拔第一顆時幾乎沒有腫，拔第二顆時臉頰卻腫得像滿月。

當時去醫院都是搭乘地下鐵，所以她沒發現有路線公車可搭。搞了半天，原來是開往那家醫院的公車啊，這麼一想，遠足的氣氛頓時淡去。

陽光雖熾熱，風卻帶有涼意。敦子在休憩之丘市民公園內漫步閒逛。一進門的地方就有花鐘，前方有通往「睡蓮池」、「熱帶植物園」、「市立圖書館休憩之丘市民公園分館」的路標，也豎立著公園內的地圖。不管往哪走，繞一圈之後好像都能回到這裡。

以非假日的下午而言，園內的人數還不少。草坪廣場上，幾隻狗正在和主人散步。也有一些學生扔下書包，在丟飛盤玩耍。步道沿路配置的長椅上，有上班族拿雜誌蓋著臉睡午覺。她和兩個推著嬰兒車看起來是媽媽朋友的人錯身而過。

熱帶植物園的門票是三百圓。她四處參觀華貴的蘭花和珍稀的爬牆虎、形狀奇特的仙人掌和古怪的食蟲植物。不愧是熱帶，建築物內比外面還悶熱，敦子一走出去就在自動販賣機買了保特瓶裝的礦泉水。邊喝水邊向前走，又遇上別的標示。上面寫著「太陽的世界」。箭頭指向右手深處。從主要步道分出的岔路一路延伸。

敦子走向那邊。是什麼稱為「太陽」呢？市政府中庭放置的那塊宛如巨大通心粉的金屬藝術品浮現腦海。總是擦得亮晶晶，反射刺眼的陽光。這個公園也展示了那一類的藝術品嗎？

沿著細小的岔路走下去，樹叢消失，抵達開闊的場所。前方，再次出現「太陽的世界」這個標示。

那是一整片向日葵花海。約有兩座網球場那麼大的平地上，密密麻麻毫無縫隙地種滿向日葵。難怪叫做太陽的世界。

向日葵已經全數枯萎，折斷頸子低著頭。彷彿向日葵集團的大規模葬禮，或者是囚犯的隊伍。又像是來勢洶洶侵略地球，卻感染細菌奄奄一息的成群外星人。

敦子緩緩眨眼，瞪大眼睛。

這個景色就是現在的我。

這每一株向日葵，都是敦子過往的人生場景。那一天，當心碎的敦子回顧過往的瞬間，所有回憶全都原地枯萎。就像希臘神話中在蛇髮女妖的凝視下化為石頭的可憐犧牲者，原本生氣蓬勃的盛開回憶盡數乾枯。

之後她聽見園內的廣播響起。是通知遊客熱帶植物園即將閉館的廣播。敦子早已忘記時間。驀然回神，才發現雙腿僵硬如棍。

敦子清醒過來，徹底理解了。無數枯萎的向日葵，原本其實並不在這裡。是敦子帶來的。是搭乘那輛公車，一起帶來的。

對著那成群的枯萎向日葵，敦子出聲。聲音嘶啞低微，連自己的耳朵都聽不清楚。她調整呼吸，再次試著呼喚。

「喂——」

敦子的聲音一響，清風霎時吹過，整片向日葵跟著騷動。折斷的頸子紛紛上上下下。

有些傢伙仍有呼吸。

「我要回去嘍。」

敦子說完，慎重地後退以免腳步踉蹌不穩，然後轉身離去。一邁步走出，膝蓋關節就喀喀響。

朝著公園出口走去的敦子身後，是絡繹跟上的向日葵。他們抬起折斷的脖子以免種子掉落。上公車之前，這次要備妥零錢。

輕喚枯萎向日葵，有那廝回首。 好子

利剪一揮盡刎首，滿庭雞冠花

正午過後，從客戶那裡回事務所的途中，經過婆家門前。可以看見婆婆在寬簷帽上裹著毛巾，雙手戴著長手套，正在打理庭院。放在簷廊的小型攜帶式收音機，流淌出NHK第一放送台的《午間休憩》主題曲。

婆婆沒發現我的車，我也沒放慢車速，逕自駛過。

婆婆的興趣是園藝。剛放暑假的這個時期，院子有日日春和孤挺花綻放。這個面積相當大的院子，在丈夫小時候據說是停車場兼農具放置場。二十年前，丈夫的老家放棄務農，公公在站前鬧區開設居酒屋後，婆婆就開始一點一滴打造庭院，創造出現在這樣美麗的景觀。

八年前，我第一次隨丈夫來到這個家是在四月中旬，院子正有芝櫻和沉丁香開花。那美麗的景色和馥郁的花香，讓當時腦中也正百花齊放的我，覺得婆婆精心打理的各種花卉都在祝福我們喜結連理，內心充滿無限感激。

那是可悲的誤解。

丈夫和我，是透過丈夫朋友的介紹認識的。丈夫是本地機械製造公司的職員。當時的我，在至今仍任職的事務所擔任時薪事務員，同時也在念書準備考司法書士（註）的證照。

無論當時或現在，丈夫都是認真老實的人。工作勤奮，也很少抱怨。喝酒頂多是應酬時喝幾杯，也討厭賭博。不太注重外表，有點木訥土氣。剛開始交往時，我聽說他活到這麼大還沒去過理容院和美髮沙龍，頭髮都是母親替他剪的，老實說我有點嚇到，還建議他今後最好稍微打扮一下。我們會一起去逛街購物，有時發現看起來不錯的理容院也會帶他去。

交往兩年後結婚，婚後不到一年就有了兒子。我忙著養小孩之際，丈夫又開始疏於打理外表，委託婆婆替他剪髮。從此，他再也沒有去過理容院。

僅只是這樣的小事，但我想已將我們婚姻生活的齟齬表露無遺。

關於代代務農的家業，據說原本公公就不想繼承，放棄時也沒有起爭執。此地正在開發住宅區，所以農地立刻找到買主。公公心心念念多年的居酒屋也經營得很順利，毫無問題。親戚之中似乎也有長輩為此嘮叨，但那些人如今皆已離世。公婆可以隨心所欲地生活，享受人生。

換言之我這個媳婦並沒有被虐待。是公婆對我沒有那麼大的興趣想虐待。公婆對於孫子，也就是我們夫妻的獨生子，雖然不算冷淡但也沒有特別疼愛。

我壓根不知道，原來丈夫有個長年心儀的女孩，公公婆婆，以及比丈夫小兩歲的妹妹——對我來說是小姑，都期盼那個女孩和丈夫結婚。無論婚前或婚後，和夫家打交道的過程中，我壓根沒聽過那個女孩的名字，到現在甚至連對方的照片都沒人給我看過。

註：類似台灣的代書，協助客戶辦理不動產或公司登記等。

那是丈夫一家四口的祕密，是沒必要讓我窺知的夢想和理想。我和我兒子，只不過是摧毀他們那個夢想的露骨現實。

既然如此，丈夫為何沒有和那個女孩交往、結婚？

答案很簡單。她在十五歲那年就因車禍去世了。

今天是Mi-chan（註）的忌日。

Mi-chan喜歡金合歡。我們家院子裡媽媽也有種，但那是春天的花，這個季節無法拿那種花給Mi-chan上供。

今早，我從院子剪下幾支孤挺花，去店裡之前，先去了Mi-chan家。Mi-chan的媽媽，至今仍在家裡教書法。現在是暑假期間所以上午就有學生來，為了避免打擾她上課，我一大早就去了，但或許去得太早，Mi-chan的媽媽睡眼惺忪地出來應門。

「秋美，妳每天早上這麼早就去店裡？」

「因為要準備午餐時段的套餐。」

「是嗎？妳家的店風評很好，上次聽說還上了電視。」

「是衛星台，所以不算什麼啦。」

Mi-chan家有正式的佛堂，放著氣派的佛壇。我把孤挺花放在牌位前合掌膜拜，喝了麥茶，和Mi-chan的媽媽閒聊幾句。

「府上大家都還好吧？」
「是，大家都很好。」
「智之的孩子應該也大了吧？今年上學了嗎？」
哥哥的孩子只有新年會碰面，所以我不清楚。那孩子很怕生，一點也不可愛。今年正月初一來家裡時，也一直躲在嫂子背後，很少開口。
哥哥當初如果和Mi-chan結婚，生了可愛的孩子，我本來也可以做個好姑姑。Mi-chan死了，種種夢想全毀了。
嫂子是司法書士，在縣內首屈一指的大型事務所上班。就算沒有哥哥想必也毫無問題，為什麼不早點離婚呢？歸根究柢哥哥也真是的，搞不懂他當初為什麼非要和那種女人結婚。
因為想轉移話題，我把目光轉向佛壇的照片。
Mi-chan的媽媽，除了Mi-chan的遺照之外，還把各種生活快照鑲在小相框裡，放在佛壇上。照片會不時更換。
「這張，是四年級遠足時拍的吧。」
當時我們搭公車去郊外的露營地，用野炊飯盒煮飯，大鍋煮咖哩，大家一起吃。這張照片雖然只裁剪出Mi-chan的部分，但拍照時哥哥應該就在Mi-chan身旁。我家的相簿也貼著同樣的照片。

註：這個暱稱和故事真相有關，所以用拼音處理。

「對啊。看起來好開心。」

閒聊之際，Mi-chan的爸爸在佛堂出現。我打招呼後，他拿著早報不知去哪了。

「那就下次再聊，我家也要準備吃早餐了。謝謝妳來祭拜。」

Mi-chan的媽媽送我到玄關，我騎腳踏車去爸爸的店裡上班。爸爸還在睡，所以我一個人打掃。

我和Mi-chan，打從幼稚園時就是好朋友。Mi-chan把我當成妹妹一樣疼愛，我也覺得Mi-chan要是我姊姊該多好。

「將來如果智之和Mi-chan結婚，你們就真的變成姊妹了。」

我媽也打從已經想不起來的久遠以前就一直這麼說。

可是，一個酒駕的蠢男人，害死了Mi-chan。今年是她逝世第十九年。我一天也沒忘記過Mi-chan，哥哥也是。她的忌日和之後每個月的那一天都更痛苦。拖著地板，我不禁掉眼淚。

職場的上司有點噁心。

今年春天我從市內某商職畢業，進入本地最大的機械製造公司上班。我們公司一般事務職錄取的應屆畢業生名額極少。我很幸運。

三個月的研修結束後我被分發到財務會計課，現在還忙著學習工作內容。我的前輩是和我媽同年代的超資深大姊，不過年紀相差這麼多反而輕鬆，彼此算是相處愉快。這家公司多半是理工科的男人，所以上司對所有女職員都很客氣，這點也讓我覺得能進這家公司真是太好了。

不過，唯獨我的直屬上司野方次長感覺不太好，或者該說是真的很噁心。

此人已經三十幾歲家有妻小，辦公桌上居然還放著昔日同班同學的照片。是小女生穿著國中水手制服微笑的照片，所以我本來還以為那是次長的妹妹。我心想，大概是因為妹妹和他年紀差很多所以特別疼愛吧，此人看起來土裡土氣的原來還是個妹控啊，感覺滿好笑的。沒想到不久前，我在茶水間準備午茶時間的茶水時，

「或許是我瞎操心，但我還是要事先稍微忠告一下。」

前輩先這麼聲明後，偷偷告訴我。

「次長桌上放的，是高中時車禍身亡的青梅竹馬的女同學照片喔。」

「啥！不是他妹妹？」

「嗯。他的確有妹妹。但是年紀已經不小了。」

「可是野方次長結婚了，對吧？還有小孩吧。上次他還和課長說到運動會如何如何。」

「有啊。前年，公司創立五十週年的感恩餐會，小孩跟他太太一起來了，非常乖巧，是個很像他太太的可愛小男生喔。」

前輩稍微留意一下茶水間門口後，迅速低語道：

「不過野方次長好像始終忘不了死掉的青梅竹馬。一直珍藏著那張照片。以前他還是小職員時都是藏在寄物櫃裡，升為主管後就公然擺在桌上了。」

之前的課長是個嚴禁將私人物品帶入辦公室的人，曾經警告過野方次長一次。課長說注重家人

是好事，但是照片最好放在家裡。結果次長突然發飆，直接頂回去說「這是很重要的東西」、「不要干涉部下的私事」，據說當時鬧得很大。

「也是因為那場騷動，才搞清楚那是誰的照片。不過，也有人老早就知道只是沒說。」

哇，真是難以置信。

「畢竟次長雖然是那種……有點讓人摸不透在想什麼的人，但是工作認真，除此之外也沒發生過任何問題。」

發生那件事後，前任課長因例行的人事調動消失，現在的課長在各方面都是和稀泥主義，所以照片也就那樣放著不了了之。周遭知道內情的人，好像也都繼續假裝沒看見。

「所以妳也裝作不知道就好。反正除非我們主動說什麼，否則次長也不會提起照片的事。」

「我知道了。不過，這件事他太太知道嗎？」

「好像知道喔。」

前輩的聲音壓得更低。

「次長的父親在車站旁邊開居酒屋。據說便宜又好吃，我們公司也有一些人是常客。因此從那邊傳來一些風聲，據說他們夫妻關係已經完全降至冰點。」

我當下脫口而出，「孩子太可憐了。」

「就是啊。不過，好像也沒辦法。因為過世的青梅竹馬和他們全家感情都很好，次長的父母據說到現在還很遺憾。」

他們說，其實本來應該是那女孩嫁來家裡才對。

「搞什麼啊，太過分了！」

單就照片看來，次長的青梅竹馬的確是非常可愛的女孩，但是人都已經死了多少年了。

「很過分，對吧？上次和課長提到運動會時，妳也聽見了吧？課長家小的那個和次長的兒子念同一所小學，所以課長主動提起馬上要開運動會了，結果次長居然不知情。」

這件事真的令人目瞪口呆。照理說，就算和老婆感情失和，起碼也會疼愛小孩吧？

「的確有點莫名其妙。既然那麼忘不了青梅竹馬，一開始就不該結婚。連小孩都生出來了，那種態度算什麼。」

「如果是被死亡拆散，好像還是會心有不甘吧。」

前輩臉色沉重地說：

「自古以來不是就有個說法，寧可嫁給離過婚的人也別嫁給鰥夫。我也是，當初就是因為這樣放棄了婚事喔。那人真的很好，我們雙方都看對眼了，可我爸媽就是不肯答應。」

以下是前輩的牢騷，就此省略。

總之，野方次長很過分。他太太應該早點離婚才對。

已有半年以上沒見過兒媳和孫子了。

果然是對新年的爭執還耿耿於懷吧。只不過是一幅畫，居然那樣尖酸刻薄地抱怨，知花也太不懂事了。我們又沒有惡意，她也該趕緊適應才對。

年底據說工作到三十日，她說大掃除還沒做完就已經到了元旦，但是看她全身上下打理光鮮，可見八成去過美容院。滿流也打扮得很體面。知花或許是因為自己賺得多，很捨得在小孩身上花錢。但是那種做法，對男孩子可不是什麼好教育。我其實也想數落兩句還不是一直忍著。

秋美想提Mi-chan的回憶，是因為對那孩子來說和Mi-chan做朋友的時代最幸福，Mi-chan死後再也沒有任何好事。懷念充滿美好回憶的往事也不能怪她吧。

秋美至今未婚，所以和結婚生子的本地朋友已經聊不來，也沒有見面的機會。至少在她爸爸的店裡工作後，不用一再換地方打工。我老公以前從來沒做過生意，所以當初我很反對也很擔心，但就算是為了秋美，我也很慶幸幸好讓老公照他的意思去做了。

Mi-chan過世的打擊，讓秋美不肯再去上學，整天關在家裡。結果連高中也沒去念，想想還是最大的錯誤。當時如果對她嚴厲一點，就算用拽的也要讓她振作起來的話……不過現在後悔當然也來不及了。

掛在客廳的那幅雞冠花油畫，是Mi-chan的遺作。她畫好之前就出了車禍所以並未完成。儘管如此，秋美還是特地去瀧口家討來這幅畫。Mi-chan愛畫畫，如果還活著說不定會去念美術大學。瀧口太太是書法家，Mi-chan想必遺傳了那種才華。況且他們家很有錢。秋美對那點也很憧憬，Mi-chan大概成了她的一切。

我們家只是用大棚溫室種點蔬菜的小農家，如今把土地賣了，生活反而更輕鬆。我也很高興能夠盡情地打理庭院。大棚溫室種菜太累了。我老公和我都討厭務農，偏偏生在農家，被迫繼承家業，真是倒楣透頂。

和我們的辛苦及秋美的不幸相比，知花從小就是大小姐，無憂無慮地長大，這種程度的小事，真不知道她幹麼動不動就生氣。身為人家的媳婦，稍微忍耐一下也是應該的。

「老是提過世的人，我實在無法理解，而且好像動輒被拿來比較也很不愉快。」

她也犯不著講話那麼傲慢吧。難怪秋美會生氣。智之也是，自己的老婆也不管管，應該好好罵她一頓才對。

打從智之帶知花回來說要結婚，老實說我就不滿意。知花看起來就很好強，況且她父親經常調職，只是偶然在本地落腳，說穿了畢竟還是外來者。

Mi-chan已經不在了，我當然知道智之遲早都得和別人結婚。但是，起碼可以找個比較溫柔的女孩子。秋美說，智之如果找個長得像Mi-chan的女人，在生理上會更反感，但知花在外表和格性都截然相反未免也差太多了。

至少如果生的是孫女，還可以連同Mi-chan的份去疼愛。我們又不是在意傳宗接代的老古板。生個和知花一模一樣的男孩子多無趣啊。

智之也很沒出息，居然說什麼，

「知花不高興，所以那幅雞冠花還是交給我保管吧。」

結果他把畫取下帶走了，也不知道塞到哪裡。總不可能丟掉吧……

對了，今年就在院子種雞冠花吧。到了秋天，像Mi-chan的畫那樣，讓院子開滿整片火紅的雞冠花吧。秋美一定會很開心，也能稍微發洩心情。知花也是，面對真正的花總沒話可抱怨了吧。

今天真的很意外。

沒想到會以這種形式，見到智之的妻子。

「突然來訪，我知道非常冒昧。不好意思，但我無論如想見您一面，當面請教一些事。」

她穿著正式套裝，拎著看得出經常使用的大皮包。我還在猜想她不知在哪上班，原來智之家是雙薪家庭啊，結果她說是司法書士。

她遞上名片，一邊用落落大方的語氣告訴我。

「我現在冠夫姓是野方知花，不過今後要辦理離婚手續，所以預定很快會恢復舊姓。小孩也由我撫養，目前住在本地市內的父母，也打算一起搬回東京。」

知花的父母本來是東京人，據說在她高中時，父親調職過來，就此定居。

「家父在這邊擔任分社長，我也進了本地的大學，所以就一直住在這裡。雖然至今仍然很喜歡這裡的氛圍，但我已毫無眷戀。」

我沒有受邀出席智之的婚禮（基本上連他是否舉行了婚禮都不知道），野方家當初也沒來打過招呼。和知花這是初次見面，她卻劈頭就提起離婚，令我目瞪口呆。怎麼辦，萬一這人也像秋美那樣就有點傷腦筋了——

不過，幸好知花是有常識的正常人。很明白我的困惑，她頻頻道歉，一邊按照順序一一道來。

她和智之是在本地相識，知花被對方篤實的人品吸引，就此結婚。

「起初，我什麼都沒察覺。他說自己沒有存款，所以沒有能力舉行婚禮，向我道歉懇求我只辦一場雙方親戚的餐會將就一下時，我也以為他是個不愛慕虛榮很誠實的人。」

婚後第一個暑假，也就是中元假期。兩人一起回到智之的老家，幫忙做家事時，開始出現令知花狐疑的對話。

「我丈夫，還有公婆和小姑，頻頻提起『Mi-chan』這個人。」

中元節 Mi-chan 應該也會回來。買了 Mi-chan 愛吃的麝香葡萄。把 Mi-chan 逛廟會穿浴衣時的照片擺出來吧——

「因為他們談論得充滿緬懷，我以為是我自己不知情，原來丈夫還有個過世的姊姊或妹妹。」光是聽到這裡，我已經猜到大致情況。

「那人其實是我女兒。」我說：

「她叫 Michiru。是智之的同學。那個年代的人口不像現在這麼多，所以孩子也少。從幼稚園到國小國中，大家都是念同一所學校。」

彼此成為同窗。僅此而已。

「高一那年六月，我女兒在通學途中被酒駕的車子撞到，因此過世。」

她高中和智之不同校。智之的妹妹秋美，本來說要考我女兒的高中，最後卻拒絕上學，好像連入學考試都沒考。

站在我們家的立場，無論我這個做母親的或我女兒本人，都不覺得和野方家有那麼親密。可是，他們的想法似乎不同。尤其是秋美。他們替我女兒惋惜，懷念她的這份心意我當然很感激，但是這樣好像時間靜止，讓我又愧疚又擔心。」

知花猛然向前傾身，

「果然，對府上來說，就只是這種程度的想法，是吧？」

她說到「果然」的語氣很激動。就像要吃人似的。

「智之沒有和令嬡交往過，也沒有什麼互許終身的事情吧？」

怎麼可能，我斷然否定。

「絕對沒有。他們就只是普通同學。上了高中後，我女兒還說對某個男孩產生興趣，她和智之毫無瓜葛。」

我們母女的感情很好，經常聊天到連我丈夫都嫌煩的地步。女兒的心情，我比誰都清楚。

「可是，野方家卻那樣認定。」

知花說著，直視我的雙眼。眼神認真得可怕。

「我丈夫和婆婆小姑，到現在都整天想著令嬡。他們時不時就聊起往事，愉快地談論著如果是Mi-chan八成會那樣或這樣。即使當著我和我兒子的面，也照樣泰然自若地說好想看Mi-chan穿婚紗的模樣，Mi-chan生的孩子一定很可愛。」

天啊，怎麼會這樣。

我啞口無言。

失去女兒的悲痛，長年折磨我們夫妻，令我們無法振作。夫妻關係也岌岌可危，有段時間我丈夫甚至離家出走。我也一樣，如果沒有在朋友的鼓勵下繼續經營書法教室，在學生和弟子的圍繞下過日子，八成早已喪失活下去的勇氣，追隨女兒於地下了。

對丈夫和我而言，女兒的回憶是無可取代的珍寶。我們夫妻倆小心翼翼守護著那個，總算彼此支撐著活了下來。我們連親戚都無暇理會更不可能去管毫無關係的外人，所以就算偶爾聽到奇怪的傳言，甚至有人特地忠告，我們都沒怎麼放在心上。

——野方家好像至今還Mi-chan長Mi-chan短的，整天提起妳女兒喔。

——以前有那麼要好嗎？尤其是那家的妹妹，現在整天待在家裡，感覺有點怪怪的。

有人哀悼、懷念我女兒我當然很感激。如果為此覺得恐怖或為難，好像對人家有點失禮。因為這麼想，所以我們隨便聽聽就算了。

面對秋美，我有時的確不知該怎麼應付。明明沒有邀請她，那孩子卻自己跑來女兒做七年忌的寺廟，從那時起，我丈夫就明顯對她很反感了。即使秋美上門，他也是連招呼都不打就躲回房間。

不過，我做夢也沒想到居然連身為智之妻子的知花都受到這麼大的影響。

「他那個妹妹的確是有點古怪的女孩。」

我一時心慌意亂，隨口這麼說。結果知花的臉上，頓時頭一次浮現明確的怒氣。

「但她已經不是可以稱為『女孩』的年紀了，對啊，豈止是有點，她簡直是古怪透頂。無藥可救。」

她咬牙切齒說，接著又說：

「至於我公公，或許還算比較正常。」

她說，所以公公受不了妻子兒女的言行舉止，可能已經放棄了。

「打從開了居酒屋後，他晚上也睡在店裡，等於已經分居了。」

可是小姑不行——她說著，苦惱地拚命搖頭。

「她完全住在幻想中。我婆婆也可憐那樣的女兒，大概是在配合小姑幻想的過程中受到感染吧。」

知花的聲音之中，除了憤怒還有同樣深刻的痛楚。就像低溫燙傷，是在日常生活中慢慢不斷被施壓產生的傷痛。

「不過，智之如果一直走不出我女兒的回憶，那他根本不該和妳結婚，也不該有小孩吧。」

我想稍作安慰，如此問道。知花瞪視咖啡桌的桌面，安靜地呼吸，似乎正在試圖讓自己冷靜。

「我丈夫——」

丈、夫。她似乎非常艱難地發音。

「智之的內心世界，一直以來，連我也不懂。只有我們三人在家時，他是很普通的人。也會分擔家事，有時看起來甚至就像個會為小孩煩惱的好爸爸。」

可是，只要一回到父母家就會被「Mi-chan」的回憶附身。

「儘管如此，如您所言，他還是和我談戀愛，建立了家庭，所以我以為他的症狀沒有婆婆和小姑那麼嚴重。不管過去如何，至少和我結婚之後，我以為他已經好好面對現實，在婆家可能只是配合婆婆他們而已。」

然而，事實並非如此，知花的嘴角悲痛地抽搐。

「說不定，智之才是病得最重的人。因為他把想法都封鎖在內心，已經扭曲了。」

淚水浮現，她的眼角發光。

「今年夏天，他對我和孩子說，他的工作太忙無法休暑假。」

話題突然轉變，令我很困惑，但我只是默默傾聽。

「即使社會上一般人都開始過中元假期，智之還是每天上班。穿西裝打領帶，拎著公事包出門，晚上才回家。可是，那是騙人的。公司明明放假了。」

智之一走出和妻小共同生活的家門就去父母家，在那裡換衣服。

「他到處奔走。有時我小姑好像也一起行動。」

「他到底去哪裡了？」

聽到我這麼問，知花抬起頭。一滴眼淚，滑落臉頰。

「給令嬡掃墓，去每個與她共有回憶的場所。」

作為同學，曾經一起遠足或校外教學、畢業旅行時去過的地方。

我想起放在佛壇的照片。用大鍋煮咖哩。登山。很開心。

「我們事務所的同事，偶然在郊外的公路休息站見到我丈夫，因為沒看到我和孩子，說來不怕您笑話，我同事當時懷疑他有外遇。」

——或許不該說這種話，但妳是不是該調查一下妳老公的行蹤？

「我聽了之後，心想與其調查不如直接問他。因為我已經隱約猜到真相了。我猜反正一定又是為了『Mi-chan』。」

她說智之雖然露出尷尬的神情，卻毫無隱瞞地回答了。

——因為是中元節，我滿腦子都是Mi-chan，而且秋美也心情低落很可憐。

「就算被那樣對待，但我也很傻，居然還猶豫不決。」

她以為，如果今後作為夫妻、作為一家人把日子一天天過下去，智之應該也會改變吧。遲早總會揮別死者的回憶，把目光轉向妻兒吧。

「可是，根本沒那種希望。我終於發現打從一開始就不可能。」

秋天的太陽墜落。和知花對坐的客廳，窗外只剩隱約帶著暗紅的暮光，逐漸昏暗下來。雖然覺得必須開燈，我卻無法動彈。

「前天，學校開家長會，我也放下工作去參加了。」

知花除了產假一直在工作，因此孩子之前送去托兒所。她的工作很忙，也沒有所謂的媽媽朋友。

「直到孩子上了小學，我才開始和其他媽媽來往。本地人和從外地搬來的人大概各佔一半，但是和我熟識的那個媽媽是本地人，據說以前和智之、令嬡就讀同一所中小學。她的娘家姓宮崎，不知您是否認識？」

我搖頭。

「是我女兒以前的朋友嗎？」

「是的。她說是同班同學，守靈夜和告別式都來了，所以一看就記住了。」

記住什麼？

「令嬡的名字，是用平假名寫成『みちる』吧？」

又是這樣像要吃人似地咄咄逼問，令我有點心慌。

「啊？對，沒錯。」

「過世後的法名之中也加上那個名字，寫成漢字『滿流』吧。」

知花流的眼淚，只有剛才那一滴。如今已經雙眼乾涸。

「的確有那兩個字。」

「我兒子，也是同樣的名字。」

讀音是Mitsuru。但是寫成漢字，她說是圓滿的滿，江流的流。

「當初我懷孕時，智之堅持，不管生男孩或女孩都要取那個名字。差別只在於發音是『Michiru』還是『Mitsuru』，但是寫成漢字時他堅持一定要用這兩個字。」

——我的孩子，一定要取這個名字。我老早就這麼決定好了。

「野方家的人，從來沒有在我面前喊過令嫒的名字。總是喊『Mi-chan』。可是，我好歹也是這個不大的小鎮一分子，當然知道您的女兒叫做『みちる（Michiru）』。」

可是，那是寫成平假名，不是滿流這兩個罕見的漢字。「Michiru」和「Mitsuru」。不是同一個名字。

「所以，我接受了丈夫的說法給孩子如此命名。」

沒想到，那竟是根據瀧口家小姐死後法名取的名字。

「我兒子同學的媽媽，在名冊上一看到我兒子的名字據說立刻察覺了。但是事情非同小可，所以她也不便啟齒，一直保持沉默。」

知花說到這裡，像要忍受憤怒般閉上眼。眼皮微微顫動。

「她透過傳言得知我婆婆和小姑的言行，打從之前就擔心我。後來，發生中元節的事，我開始萌生離婚的念頭，和她聊天時稍微露出商量的意思。」

——既然如此，那我再繼續瞞著妳反而不妥。畢竟這是會一輩子跟著滿流的名字，所以我就直說吧。

「前天開完家長會後，她終於告訴我這個真相。」

我已經到極限了。知花用平板的語氣說：

「比起憤怒，只有無窮的悲哀。對丈夫而言，我和兒子，該怎麼說……大概都只是不痛不癢用來讓他扮演稱職社會人的工具而已。」

不結婚可能顯得不正常吧。一旦結婚自然會有孩子。不過，那樣自己在世人眼中就毫無問題，所以也好。

儘管，心始終在別處。

「我要離婚。徹底斷絕關係。也不會讓兒子再見他。至於名字，為了日後方便改名，我打算今後都讓他用『滿』這一個字就好。」

我感到詞窮，只能一再對她點頭。

「冒昧來找您說這種事，實在很抱歉。」

知花俯身九十度鞠躬。

「最後我想再請教一件事。野方家，有我小姑據說從府上討來的一幅雞冠花油畫。我聽說是令嬡的作品，是真的嗎？」

雞冠花油畫。噢——那個啊。我想起來了。

「對。還沒有畫完，但是秋美一再請求，說從那幅畫可以感到還殘留我女兒作畫時的動作所以想留在身邊，我就送給她了。」

實際上，與其說請求，根本是被她死纏爛打要走的。所以我記憶深刻。丈夫當時就已經說，野方家的女兒好像有點不對勁。但我那時覺得，女兒的朋友失去她已經很難過了，不能這麼冷淡無情。

桌子底下，知花似乎握緊了拳頭。
「野方家把那幅畫掛在客廳最顯眼的地方。而且成天談論令嬡。這幾年我本來都是充耳不聞，可是今年過年，我忽然再也受不了，忍不住抱怨了兩句，結果和小姑發生口角。」
——Mi-chan的回憶，輪不到妳這種人來批評！
「當時我丈夫站在我這邊，把那幅畫取下了。可是——」
知花扯動嘴唇笑了。那是令人心痛的苦笑。
「事後我才知道，他哪裡不好掛居然想拿去公司掛。」
因為那是Mi-chan的珍貴遺物。
「結果當然被公司拒絕了，現在好像收藏在哪裡。不過，已經不重要了。」
知花全然放下似地嘆口氣，就此放鬆全身。真的，已經不重要了。
我心碎不已。不管說什麼都無法安慰她，恐怕只會變成辯解。我們家明明沒有必須辯解的理由，我卻這麼感覺。
關於那幅畫的回憶。我想起女兒畫那幅畫時，對我說過的話。
「——我女兒，其實很討厭雞冠花。」
我這麼一說，知花瞪大雙眼。如果她不是這麼優雅美麗的女性，我甚至想說她「眼珠子都快掉出來了」。
「這種花名符其實，看起來很像雞，對吧？花的顏色是深紅色，所以她說更讓人噁心。」

「可是，她特地畫下……」

「那時候，她想畫恐怖的畫。她說，要試著畫出自己覺得恐怖的題材。」

我突然打住，倒抽一口氣。

不知為何，知花的臉上瀰漫喜色。

「原來是這樣啊。這真是個好消息。」

她用力地這麼說：

「作為臨別紀念，我正想著好歹也要回敬野方家一下。您提供的這個訊息真是太好了。」

就這樣，知花走了。那個背影，這麼形容或許有點不合時宜，但是頗有武士去決鬥的毅然風情。

媽，妳來一下，快點快點快過來。

院子不得了了！

利剪一揮盡刎首，滿庭雞冠花。

薄露

禮物有大衣圍巾，還有羊皮靴

卷山任，生於埼玉縣。現年十歲三個月，身高一三四公分，體重三〇公斤。愛吃的食物是蘋果、起司和爸爸特製的咖哩蛋包飯。討厭的食物是芹菜。喜歡的運動是游泳。大約一年前起，開始沉迷於朗讀《名偵探日村》給妹妹小茜聽，以及用羊毛氈製作動物玩偶。

今年的聖誕節前，這樣的小任身上，發生了小小的意外邂逅。

小任和小茜的爸媽都是護理師。媽媽任職於大型大學附屬醫院的內科病房，爸爸任職於私人經營的骨科診所。媽媽要值夜班而且假日也要上班，但爸爸主要是上平日的白天班，所以卷山家的家事一等航海士兼輪機長是爸爸。媽媽是二等航海士，小任和小茜是水手。附帶一提，船長是外婆。她是媽媽的媽媽，也是小任一家四口住的這間屋齡八年、坐北朝南、四房兩廳的公寓屋主。她自己，在五年前外公過世後，就在伊豆某間類似渡假飯店的自費安養院生活。

話說，第二學期即將結束的十二月十八日，小任就讀的小學四年A班，因流感宣布全班停課。二十七人的班上，多達十二人缺席，也難怪校方會這樣宣布。健康上學的剩下十五人不由得歡呼，太好了！

可惜被級任老師狠狠警告。大家必須在家中學習，停課不代表可以玩，也不能到處亂逛。懂了嗎？

同學之中有人在等家長來接，但小任的家很近，也不可能有人來接他，所以他和另一個立場相似的朋友爽快地直接離校。他和朋友上同一個函授學習課程，所以約好用專用平板對話，在公寓前道別。

雖然空氣冷颼颼，但是天氣非常晴朗，也沒有風。如果是普通的假日，還可以和朋友騎腳踏車出去……他非常遺憾。停課的興奮，也只到走出學校的那一刻為止啊。

爸爸媽媽在上班，小茜在托兒所。家裡靜悄悄，小任在玄關脫下運動鞋，客廳的座鐘以音樂盒的音色宣告時間是上午十點整。

學校想必傳訊息通知了，但爸爸媽媽在工作期間都不會碰私人手機。至少還有兩小時，誰也不知道小任一個人在家。

感覺光是這樣就刺激得起雞皮疙瘩。《名偵探日村》裡，好像就有這樣的故事？殺人命案的被害者，為何會獨自待在「不該在的場所」，調查了半天還是查不出所以然，連日村也束手無策。

小任洗手漱口，從冰箱取出盒裝牛奶，倒進馬克杯用微波爐加熱。向南的客廳照進滿室冬陽。或也因此，儘管一個人獨處也完全不覺得寂寞。

雖有作業，但他想先做一件事。喝完牛奶，小任再次仔細洗手後，打開和客廳並排的小房間房門。

這個不到兩坪半的木頭地板房間，在公寓出售時的隔間圖上標記為「附贈房」。也就是「service room」。外公外婆以前好像當成儲藏室使用。從外婆那裡接手這間公寓時，爸爸和媽媽商量後把這裡改裝成「休閒室」。媽媽的休閒嗜好是畫水彩畫。爸爸的愛好很多，大略歸納起來是做手工，現在和小任兩人正熱衷製作羊毛氈布偶。

因此，房間中央放了一個收納工具和用具的架子做區隔，右邊是媽媽的空間，左邊是爸爸的領域。現在，爸爸的工作桌上，放著製作中的布偶和收納那些材料的紙箱，以及附帶手提式握把的大型裁縫箱。針和剪刀整天放在外面，怕小茜受傷，所以爸爸和小任都非常注意整理。看似隨手堆積的紙箱和紙盒，也做了一些手腳讓小茜打不開。

這一年來，爸爸和小任完成了四件作品。一開始本來是爸爸在YouTube發現製作羊毛氈布偶的影片，就此產生興趣。起初，光是為了讓羊毛氈呈現動物毛髮的質感，父子倆就拿針拚命戳了很久。必須經過相當長的練習時間，才能夠挑戰有形狀的布偶。然後，終於完成的第一件作品是大小可以放在小任手心的花貓，現在仍放在客廳架子上。第二件是小茜要求的，做的是電影《動物方城市》裡的主角那隻兔子。這個也很小，放在小茜的桌上。不過，坦白說和電影人物一點也不像，所以不用擔心得罪迪士尼。

第三件，是媽媽拍了前兩件作品的照片給親朋好友看，立刻廣受好評，正好當時媽媽的護理師前輩剛剛痛失愛犬，在前輩的委託下，決定製作臘腸狗。對方傳來多張愛犬的照片，這次是為了安慰失去寵物的傷心人，爸爸和小任都深感責任重大，花了整整三個月製作。成果相當出色，除了材料費和謝卡還收到豪華的甜點禮盒。

之後，為了給十月過生日的外婆慶生，父子倆應要求做了倉鼠一家。這第四件作品，不只是羊毛氈布偶，連倉鼠一家住的籠子和籠子裡的轉輪、飼料盒都精心製作。做出來的成品，完成度高到連媽媽都驚呼，「乍一看還以為是真的！」據說外婆在安養院還到處炫耀。

而現在，為了送給媽媽聖誕節禮物，爸爸和小任正在製作的，是松鼠的布偶。不是普通的松鼠。是幸運松鼠。

這棟公寓有寬闊的中庭，花壇和樹叢也很多，植物比一般小公園還豐富。雖是和公寓同一時期建造的人工綠地，唯獨矗立在管理室旁的大銀杏樹，從以前就一直長在這個地方。施工時沒有砍倒，據說也是因為這是土地公寄身的尊貴古木。

而這棵大銀杏樹，據說偶爾有松鼠出現。這個地區開發成住宅用地後的歷史悠久，附近也沒有什麼深山野林。所以那想必不是野生松鼠，八成是哪裡養著當寵物的松鼠逃出來了，不過就算是那樣未免也太長壽，顯得有點古怪。因為距離最初被人目擊起碼已過了半世紀。若說那是成對的松鼠，不時生出小松鼠，代代棲息在此地，每次出現的都只有一隻也有點奇怪。

因此，曾幾何時，這隻松鼠不是普通小動物而是大銀杏樹的精靈這個說法就順理成章地被人傳誦。進而，也附帶「看到松鼠的人會有好事發生、得到幸福」的說法。

小任一家，也從外婆那裡聽說了這隻松鼠的故事。遺憾的是，到目前為止誰也沒看過松鼠。熱愛小動物的媽媽，倒也不是想要幸運，純粹只是想近距離看看可愛的松鼠，打從搬來之後一直很期待。

所以小任和爸爸，才會決定製作松鼠的羊毛氈布偶送給媽媽當聖誕節禮物。

給外婆的倉鼠一家完成後，父子倆就立刻開始著手。爸爸當然不用說，就連小任，和最初製作花貓時比起來，技術也已進步不少。松鼠製作得很順利，如今距離平安夜只剩下不到一星期，幾乎已經完成了。接下來，只要拿自來水毛筆給眼睛的地方畫上瞳孔就大功告成。

不過，這個「點睛」其實很難。如果這時失敗了，布偶整體的可愛程度會大受影響。布偶擁有的那種不可思議的平衡感，每每令小任瞠目，感動不已。眼睛是心靈之窗，蘊藏其中的光芒是生命之燈的光輝（這麼深奧的字眼，當然不是小任的想法。是引用名偵探日村的台詞）。

這週，媽媽後天星期五要值夜班，所以哄小茜睡覺後，小任和爸爸將要舉行神聖的點睛儀式——他們是這麼約定的。在那之前，不能讓媽媽發現這個布偶，也不能讓小茜看到，所以用氣泡紙包裹慎重地藏起來。

小任走進休閒室內爸爸那一半空間，在兩張並排的作業用高腳椅其中一張坐下，解開紙盒上綁的鑰匙圈，輕輕打開蓋子。撕掉氣泡紙上的膠帶，拆開層層包裹的氣泡紙。頓時，十五公分高的松鼠布偶出現。

「松鼠先生，我回來了。」

小任滿面笑容打招呼。這樣天天對著它說話，還沒有眼睛的松鼠，臉上似乎也會浮現表情。那或許只是自己自以為是的認定，但完全無所謂。不只是這隻松鼠，小任喜歡對製作中的每一個布偶說話。

「請你再等兩天喔。我會幫你畫上漂亮的眼睛。爸爸雖然技術比較好，但是也會讓我拿一下自來水毛筆喔。」

看到完成的松鼠，媽媽不知會是什麼表情。一定會很開心吧。該怎麼取名字呢？外婆的倉鼠一家，當初大家提供了一大堆好點子，最後卻選擇了安養院院長想的「松郎」、「竹美」、「梅子」。居然用松竹梅。也太老土了吧。

雙手輕柔地包住松鼠，手心開始冒汗。為了避免羊毛氈做的身體沾染汗水，小任把松鼠放回氣泡紙上，慎重地重新包好。放回紙盒蓋上蓋子，手指捏住鑰匙圈時，玄關的對講機響了。

叮咚。小任把鑰匙圈放到工作桌上，走出休閒室。附帶攝像鏡頭的對講機螢幕，在廚房吧檯旁的牆上。高度在小任的額頭。所以，為了方便小任一個人看家時看螢幕，旁邊放著折疊梯。

叮咚，叮咚。小任打開梯子之際，對講機也在性急地響個不停。小任當場忍不住面向玄關喊了一聲「來了！」。於是，也不知到底聽見沒有，對方開始猛按叮咚叮咚叮咚叮咚。

搞什麼啊。小任拿手指塞住耳朵。很想跑去玄關大喊一聲「吵死了」。可是，爸爸媽媽平時總是提醒他。如果對講機響了，一定要先看螢幕確認對方是誰，否則不能開門。如果是熟悉的宅配叔叔、管理員、隔壁的田中先生和三宅先生、樓下的森下阿姨以外的人，裝作不在家就好。如果對方大聲呼喊或者用力敲門，那就按下對講機成排按鍵中最右邊的紅色緊急按鍵，通知管理員。

小任站上梯子。雙眼搆到螢幕的高度了。同時，也傳來砰砰砰用手掌拍門的聲音接著，

「卷山先生？這裡是卷山克也的老家吧？我叫做津田彩未。突然來訪不好意思，麻煩開開門。」

是年輕女人的聲音。帶著甜膩，嗓音清亮。而且映現在螢幕上的，也是個雖然不知道大約幾歲，但絕對比媽媽看起來年輕的女人。眉眼分明，細鼻子，大嘴巴。淺棕色的短髮蓬鬆捲曲，脖子上圍著格紋圍巾。大概是因為女人站的位置，臉蛋被超級放大。

叮咚叮咚叮咚！

「不好意思，卷山先生，我是和克也有過婚約的女人。」

啊啊啊啊？

小任家的確是「卷山家」沒錯。可是沒有人叫做「克也」。爸爸叫做「加津雄」，住在名古屋的伯伯叫做「三樹雄」，伯伯的獨生子叫做「正吾」。小任這個堂哥是大學生，今年出國一年學英語，目前人在加拿大的溫哥華。他可從來沒聽說正吾哥跟誰訂了婚。

「卷山先生！」

又是一陣砰砰砰。

「您應該聽克也提過彩未這個女人吧？我不會打擾太久的，麻煩開開門！」

彩未是誰？媽媽叫做早苗，外婆叫做朋子。

呃，我什麼都沒聽說，請問妳是誰？小任凝視螢幕。這時，自稱彩未的女人當場行動了，她在

螢幕中後退。肩膀上下聳動，把背負的行李——應該是大紙袋吧——嘿咻一聲重新抱好，紙袋裡的東西也跟著搖晃，映現螢幕。

是相當大的絨毛玩偶。好像是頭下腳上地塞進袋子，從紙袋冒出來上下跳動的，是兩隻焦糖色的腳。長靴型的腳底，縫著代表肉球的圓形。

小任從梯子跳下來，跑向玄關。解開門鏈，轉動附有防止撬門用防盜罩的門鎖，推開大門。才開了十公分左右，外面那個叫做彩未的女人，立刻把腳伸進門縫。是巧克力棕色的小羊皮靴。或許已經穿很久了，感覺有點鬆垮。

「唉，重死了！」

彩未用身體頂開門，一邊鑽進脫鞋口。她雖然身材嬌小，卻穿著臃腫的米白色羽絨衣。把類似郵差用的那種側背包像幼稚園童那樣甩到背後，右肩掛著約有大型月曆那個尺寸的紙袋，左手是比那個紙袋小一圈的三種紙袋，握把緊緊綁成一束提在手裡。每個紙袋都塞滿東西，導致彩未整體分量足足有身材的三倍大，要鑽進公寓狹小的脫鞋口頗費一番功夫。

「妳、妳、妳的東西。」

小任結巴了。

「請妳先放在這裡。啊啊啊，媽媽的畫！」

要掉了！小任還來不及這麼大喊，彩未肩上的大紙袋一角，已經掃過媽媽放在及腰的鞋櫃上用迷你畫架擺飾的「本月明信片彩繪」。當然，畫的是聖誕樹。

「啊，對不起！」

彈到走廊那頭的畫架四分五裂，明信片掠過小任的鼻頭飛走。彩未伸手想抓住，情急之下扔下三個紙袋，那些東西頓時重重砸在小任的腳上。

「哇！抱歉抱歉抱歉！」

彩未想抓住紙袋，一陣手忙腳亂。她太驚慌了導致身體無謂地扭轉，右肩的大紙袋打到鞋櫃門發出刺耳的聲音。被迫倒立的可憐玩偶，雙腳還在晃來晃去。

「那個，呃，請妳，不要動。」

小任幾乎也像明信片一樣被撞飛或壓垮。

「好了，停！」

小任伸出雙手用力推彩未，大紙袋從她的右肩掉落，在腳邊橫倒。彷彿覺得「終於可以逃走了！」，兩隻褐色大腳的主人滾了出來。是有小任身高三分之一那麼大的泰迪熊。

果然是熊熊。比彩未腳上的羊皮靴還新。毛色還保有光澤。

小任急忙撿起泰迪熊。這時，橫倒在地的大紙袋中，幾件裝在洗衣店塑膠套的衣服也順勢滑出。一看之下，袋中還裝著很多同樣的衣物。

這個人到底要幹什麼？難道是一個人搬家？

彩未的眼睛，對上小任驚訝的目光。

「你是克也的弟弟？」

彩未一臉迷糊地詢問。小任還沒回答，她又自顧著往下說，「總不可能是克也的私生子吧。」

說著眼睛瞇得更細。

「我家雖然姓卷山沒錯，」小任說，「但是沒有克也這個人。大姊姊妳是誰？」

這個問題，令彩未當場僵住。不知是在搬家，還是趁夜潛逃的途中，又或者是膽大包天扒竊了大量物品正在作案，總之在塞滿紙袋的行李和溢出的行李散落滿地之中，她咬緊下唇。

「你們這裡是中央區的佐久良鑽石公寓四〇三號室吧？」

小任用力吞了一口口水。

「是中央區柵川鑽石公寓的四〇三號室。」

不是SA、KU、RA（佐久良），是SA、KU、GA、WA（柵川）。

「中央區有三棟鑽石公寓，可是沒有佐久良喔。」

搬進來時，管理公司的人這麼說過。三棟之中，這棟柵川可是最受歡迎的物件喔！

咬得太用力有點發白的嘴唇翕動，彩未小聲問，「另外兩棟叫什麼？」

「倉町鑽石公寓和三番町鑽石公寓。」

KURAMACHI（倉町），SANBANCHOU（三番町），彩未無聲地覆誦。

「那我大概是把『佐久良』和『柵川』聽錯了。」

小任沉默不語。彩未哼出一口氣。

「再不然，是克也騙我？」

那個混蛋，我要撕了他！她低聲咆哮。

小任重新抱好泰迪熊，遞給彩未。

「這個，和橫濱山下公園旁的玩具店賣的特製泰迪熊很像。」

彩未瞪大雙眼。

「啊？」

「因為太受歡迎，下訂單之後還得等待一年左右。其實也不是超級可愛，但是裡面的填充物很特別，據說抱起來的感覺肉肉的很柔軟。」

彩未聽了，狐疑地觸摸泰迪熊。握緊泰迪熊渾圓的手臂。

「就這個？」

「不不不，這個沒有肉肉的，只是仿製品吧。不過臉孔有點像樂天派的大叔，滿有味道的。」

彩未皺起描摹分明的眉毛，注視著小任。下一瞬間，她噗哧一笑，呼出的氣息帶著薄荷味。

「抱歉我不該笑出來。你這孩子，真有意思。你對絨毛玩偶很了解？」

小任鬆了一口氣，輕輕抱緊泰迪熊。

「我也會做布偶，所以看了各種作品在學習。」

這時，對講機又響了。叮咚的餘音未消，門已經開了，露出管理員的臉。

「小任！」

管理員一臉殺氣騰騰。

「你沒事吧？我接到通報，說有可疑的女人敲你家的門——」

管理員凶狠的眼神，令彩未縮起脖子。

「對不起，可疑人物是我。」

小任舉起泰迪熊，讓熊熊對著管理員一鞠躬。

津田彩未在前年秋天和克也相識，開始交往後立刻同居，約定結婚。然後，在上個月底剛剛解除婚約。是克也單方面宣告分手，搬出住處。

「其實我之前就隱約察覺，他另外有女人。」

彩未低著頭，不小心脫口而出似地說：

「我也無意挽留。不過，我借了不少錢給他。我想把錢要回來。」

透過共同的友人，好不容易聯絡上對方催他還錢，他卻說要錢就去找他爸媽談，給了佐久良鑽石公寓的地址。

「既然要去他爸媽家，我想那就順便把他送給我的東西全部交給他爸媽。」

所以她才這樣大包小包地找上門。

彩未和管理員，坐在管理室大廳的會客區。有兩套圓形咖啡桌和高腳椅，一套矮桌和三人沙發和腳凳。也放了觀葉植物，整片玻璃牆有一部分做成彩繪玻璃相當時尚。玻璃牆外，只見那棵大銀杏樹修長挺立。

彩未那一大堆行李，堆積在矮桌上。她坐腳凳，管理員坐高腳椅，小任和泰迪熊並排坐沙發。

雖然管理員對小任說他可以不用來，但小任假裝沒聽見還是跟來了。因為這件事實在令人太好奇。

不過，彩未吐露的故事細節，小任有點聽不懂。本來打算結婚的克也和她分手了，所以來歸還他之前送的禮物——他頂多只有這種程度的理解。不過，大致上是正確的。

「既然是不需要的禮物，扔掉不就好了。」

管理員當胸環抱雙臂，不客氣地說。小任的爸爸媽媽，私底下都喊管理員「反派」。據說他長得和以前的連續劇裡經常演反派的演員一模一樣。

「可是，這樣多浪費啊。」彩未說著嘛起嘴。

「不然就賣給舊貨店？」

「我不想變賣成金錢。歸根究柢，克也當初買這些東西，也是用我的錢。」

「啥？那就更應該——」

「可是，那樣太窩囊了。」

「但妳現在正想向他討債吧？」

「那是兩回事。」

這段對話，小任無法理解。讀者諸賢之中，想必也分為「我懂我懂」派和「聽不懂」派吧。

彩未朝堆在矮桌上的大包小包掃了一眼。

「這裡面，也有克也以前還是客人時，送給我的單純的禮物。」

如果再過五、六年，從這番發言，小任想必就能立刻猜到彩未做的是哪一行。但是現在還不行。

「總之，不管妳的心情如何，」管理員說，噴出一口粗氣。

「妳找的不是這個卷山，克也這個男人的父母不在我們這棟公寓。」

小任家是「卷山（makiyama）」，克也這個男人的姓氏據說寫成「牧山（makiyama）」。

「好像是耶。」

「請妳帶著東西離開。」

「這麼重的東西我已經受夠了。」

彩未都快哭了，噘起嘴說：

「你們就不能收下嗎？這麼大的公寓，住戶應該有幾百人吧。如果在這裡攤開，請大家喜歡什麼就自行拿走，想必立刻就能清空吧。」

管理員瞠目。

「那怎麼行。」

「為什麼不行？我又不是強迫推銷，是免費贈送。」

「衣服鞋子還有首飾那些的，應該價錢都不便宜吧。免費太誇張了。」

小任媽媽平常叮囑他的，也有一句「不可以向朋友免費拿東西」。媽媽說，「那樣很沒分寸。」

管理員大概也想這麼說吧。小任捏著泰迪熊渾圓的手臂暗忖。

「那，我低價出售總行了吧？比方說一件一百，最貴也是五百之類的。」

「請妳去別處賣。」

「只要兩三個小時就好，把這個場地借我。至於拿到的錢……看，我可以捐給那個。」

管理室門口旁邊的櫃檯，放著「導盲犬基金」的募款箱。彩未就是指著那個。

「這不是我一人能夠決定的。至少，必須有管委會主委的同意。」

「要怎樣才能取得他的同意？我去拜託他可以嗎？」

在彩未的鍥而不捨下，管理員終於同意和主委聯絡，過了十分鐘左右主委就來到大廳。主委是個頭髮雪白，總是穿針織背心拄著拐杖的老爺爺，據說以前是本地中小企業工商協會的大老。

「說說看，到底是什麼情況？」

大略聽完管理員的說明，以及彩未的請求後，主委笑了。

「那就當作是特別拍賣會好了。時間到下午三點為止，賣剩的東西請妳自行回收喔。」

「好。謝謝主委！」

達成協議之後，主委朝小任笑一笑。

「你好啊，小任。聽說你們班停課了？我孫子羨慕得不得了。」

對了，主委的孫子，就讀同一所小學的六年級。小任連同泰迪熊一起乖乖鞠躬。

「既然出借場地，那捐款當然是多多益善。管理員先生，請你在住戶用的留言板上，宣傳一下這個特別拍賣會。」

就這樣，彩未將要舉辦一場臨時拍賣會。攤開商品時，管理員又叮嚀一次「小任可以回去了」，但是被彩未挽留。

「這孩子對玩具很了解。這裡面也有幾件布偶和娃娃，我想請他幫我看看。」

可惜其他的布偶和軟膠娃娃，都是抓娃娃機和扭蛋可以到手的那種普通貨，一點也不吸引小任。那些東西按照大小分別定價為十圓、五十圓、一百圓。泰迪熊定價為三百圓。

衣服和首飾也是，即使在小任看來，好像也不是值得管理員那樣戒備的高檔貨。衣物之中，似乎也有本來很昂貴，但是經常一再洗滌，或是相反地沒有好好保養已經滿是污漬和毛球，導致價值直線下降的貨色。幾乎都是一件一百或兩百圓，各有兩件的大衣和連身裙是一件五百。

一百圓左右的話連小任的零用錢也買得起。他覺得圍巾不錯。手帕也不少。可是，都是有蕾絲邊的貨色。媽媽說過只有毛巾布料或棉紗布料的手帕才實用。

留言板——這裡的住戶專用的社群軟體——發揮功效，大廳開始零星聚集人群。小任趕在向面熟的叔叔阿姨一一解釋「今天我們班停課」到嘴酸之前就回家了。他肚子餓了，拿熱水沖泡速食湯，吃了奶油麵包卷。他想，彩未的午餐不知怎麼解決。

寫完作業，他先預習今晚要唸給小茜聽的《名偵探日村》的故事，一邊用客廳的電腦看住戶群組的留言板，兩點半過後，就出現「特別拍賣會，即將結束」這行文字。

他連忙去管理室一探究竟。攤放在大廳會客區的東西大致都消失了，彩未正在和住戶阿姨閒聊。那個阿姨，手臂上搭著大衣。是黑色皮大衣，大領子的設計很搶眼。

「這是合成皮，淋到雨也不怕。袖口的污漬是葡萄酒。不好意思。」

對於彩未的說明，阿姨嗯嗯有聲地猛點頭，「這點小瑕疵沒關係啦。看起來幾乎是全新，才五百塊太不好意思了。」

阿姨笑咪咪地走了。

「哎呀，小任。你看你看，銷路很好吧。」

彩未折起空紙袋，看起來也很高興。

「總共賺了五千三百圓喲。」

「好厲害喔。」

「那隻泰迪熊也賣掉了。本來想送給你妹妹，你真的不要？」

之前標價時，彩未曾說要把那隻熊送給小任，但是小任推辭了。

「熊熊等我將來自己做。」

彩未似乎想起小任說過的話，兩眼發亮。

「對喔。那你一定要做出超可愛的。」

收拾完畢，彩未朝管理室喊了一聲。管理員走出來，看著她把五千三百圓放進募款箱。

「零錢也是主委幫忙換的。真的是從到頭到尾都麻煩你們了。」

「記取這次教訓，也請妳今後不要再給別人找麻煩。」

「是，我會牢記在心。」

彩未回到小任這邊，「謝謝你幫忙，我請你喝杯飲料吧。你想喝什麼？」

大廳一角，有紙杯式飲料的自動販賣機。

「那我要可可。」

「收到！」

她也喝熱可可。兩人並肩坐在沙發上，一邊品嚐甜飲，一邊仰頭望著玻璃外逐漸西斜的十二月太陽。

「……我像你這麼大時，」

彩未自言自語似的說。

「我爸買了一隻大白狗的布偶給我。我爸愛喝酒，一喝醉，就會買奇怪的小禮物回家。」

所以彩未的母親總是生氣，彩未也哭笑不得，但只有買大白狗布偶的那一次，她非常高興。

「從那天晚上起就抱著它一起睡。我家沒條件養寵物，所以對我來說那個布偶就是心愛的寵物，也是最要好的朋友。」

因為之前她從來沒有要好的朋友。

「可是，過了半年左右，我爸媽就離婚了。或者該說，是我媽帶著我逃離了爸爸，所以只能帶走換洗衣物和書包。」

和大白狗布偶，也就此訣別。

「之後大概有一整年的時間，只要想起來我就會哭。我們母女輾轉各地，直到我媽找到包吃住的工作安頓下來——是在日式旅館當女服務生，那家旅館養了很多貓。是以貓為賣點的旅館。我這才終於不哭了。」

可是，被留下的那一方又怎樣了呢？是否也思念彩未，一直在哭泣？抑或，已經找到新主人，相處愉快？

小任問，「妳沒有取名字嗎？」

「啊？」

「那隻大白狗布偶。」

取了——彩未回答，「可是，我忘了。」

她的眼睛瑩然有光。說不定是快哭出來了。小任決定就此沉默。

拿起紙杯，喝光甜甜的熱可可。這時，身旁的彩未突然失聲驚叫：

「咦？！」

小任喝下的熱可可進錯地方，嗆到了。彩未慌忙替他拍背。

「抱歉抱歉，嚇到你了。」

「咳咳咳。」

拍著小任的背，彩未仰望管理室旁邊佇立的高大銀杏樹，指著它。整面玻璃外，大樹背負冬日天空傲然挺立。

「那棵樹上，還有松鼠啊？」

因為太驚訝，小任又嗆到了。

「松、松、松——」

「喂，你沒事吧？」

「妳看到松鼠？」

「嗯。我想那應該是松鼠吧。總不可能是鼯鼠吧。或是老鼠？可是尾巴的形狀完全不一樣。我想那絕對是松鼠。」

幸運松鼠，銀杏古木的精靈。

「恭喜妳了。」小任說。

「很稀奇？我運氣很好，是吧？」

「對。」

「我過去的人生從來不走運，這下子或許風向改變了吧。」

說完，彩未笑著拍了一下自己的額頭。

「這位大姊，妳對著小學生，在說什麼傻話啊。」

把大紙袋扔到垃圾集中場，彩未離開了柵川鑽石公寓。小任揮手，彩未也轉身對他說拜拜。

剩下小任一人後，他望向大銀杏樹。漫長時光中一直矗立在這裡的老爺爺大樹。乾涸龜裂的樹幹，朝冬日天空伸展的無數細枝。唯有樹根的地方看起來像是另一種生物的粗腿在掙扎糾結。

看不見松鼠，無論是小耳朵或褐色身體或蓬鬆的尾巴。

那一定是因為小任現在就已經過得很幸福了。

晚餐時，小任告訴全家人今天發生的事。爸爸覺得很有趣，媽媽很擔心，小茜很想看泰迪熊。

「改天哥哥做一隻給妳。」

小任向妹妹承諾。

按照預定計劃，小任和爸爸在週五的深夜，給松鼠布偶畫上眼睛。精心練習之後，爸爸拿自來水毛筆畫上兩邊的瞳孔，小任稍微修改一下，然後爸爸再修補，從各種角度檢視松鼠的表情。兩人耗了一個多小時才滿意。

面對完成的羊毛氈松鼠，小任一再眨眼。之後忽然很開心，呵呵笑了。

「怎麼了？」

「我覺得做得很棒。」

「是啊。是最高傑作。」

其實，小任是偷偷想到。這隻松鼠先生的臉孔，不知怎的，很不可思議地有點像彩未。

禮物有大衣圍巾，還有羊皮靴。　若好

凋謝皆為結新果，朵朵桃花紅

春色尚淺的假日，岩佐昭子遠赴平日無緣造訪的市中心百貨公司，是為了看亞曼達．裴利的繪本原稿展。

「雖然遺憾但我實在沒時間，媽，妳自己去吧。周邊商品區如果有明信片，記得買一張回來給我。」

女兒光葉也是這位繪本作家的粉絲，所以她本來邀女兒一起去，但果然被立刻拒絕，只好獨自出門。

二十五年前，光葉三歲生日那天，愛書的丈夫省三挑選的禮物，就是亞曼達．裴利的代表作《抽屜裡的王國》。光葉很高興，昭子也被那色彩鮮豔風格前衛的世界吸引，從此，母女倆逐漸熟悉裴利的作品。

這是日本第一次舉辦裴利的正式原稿展。《抽屜裡的王國》的原稿全數展出。

「在第三層抽屜的牧場玩耍的羊群」

「在第五層抽屜的沼澤棲息的飢餓鱷魚群」

「在第七層抽屜的深邃森林中哭泣的迷路公主」

「在第九層抽屜的洞窟中睡覺的盜賊」
「在第十一層抽屜的懸崖吠叫的野狼」
「在第十三層抽屜聳立的壞魔法師的城堡」

昭子一邊挖掘與丈夫女兒的回憶，一邊細細欣賞。

光葉要是也來了該多好。要再邀她一次嗎？每次這麼想，就猛然按捺不住怒火。

沒時間？那當然。光葉工作過度了。光是正職在公司上班，一個月就有一半時間據說忙得無法準時下班，週六週日還要去超商兼職打工。家事也一手包辦，一年三百六十五天，每天二十四小時都在工作賺錢。就算哪天過勞死也不足為奇。

而這一切，昭子明知都是那個男人害的，可昭子能做的，頂多也只是暗自擔心，不時委婉地給予忠告。因為二十八歲結婚如今已邁入婚後第六年、能幹踏實的光葉，是按照她自己的意願選擇了現在的人生——不幸的選擇。

一直以來，她都被施加了邪惡的魔法。

不只是身為母親，身為一個有過戀愛經驗的女人，昭子如此相信。至少光葉偶爾也該離開那個男人讓身體休息一下，好好冷靜腦子。

就在五分鐘前，昭子還這麼想。但現在不了。幸好那孩子沒有一起來。幸好只有我一人。神啊，謝謝您賜予的好運。謝謝您指引我的目光。

原稿展的會場在百貨公司七樓。那個樓層也是高級日式和西式餐具及工藝品的賣場，但昭子不需要也扯不上關係。還是搭電梯下樓，去地下一樓的食品賣場看看吧——就在她這麼想著，走過賣場之間的走道時，陳列色彩鮮艷的進口彩繪瓷盤和昂貴茶具組的貨架旁，一瞬間，似乎浮現見過的臉孔。

昭子駐足，退後一步，凝目細看。

沒錯。就在野莓圖案的茶壺旁，的確有一張不僅見過還很熟悉的臉孔。

是光葉的丈夫土屋優一。

他站在走道外側，似乎正在打量那排展示架背後的水晶製品，所以臉朝著昭子這邊。而且他的身體露在走道外，是因為挽著他手臂的同伴，站在水晶製品的陳列櫃正前方。

情急之下，昭子火速低頭。走到一旁，躲在輪島漆器托盤和套盒的陳列架後。

——怎麼辦？

千萬不能讓他發現。

皮包裡，有同事建議她買下之後，幾乎沒用過的防花粉護目鏡。她連忙掏出那個戴上。把向來在腦後綁成一束的頭髮鬆開，將頭髮往肩上一甩，任前髮垂落如簾幕。

她仍抱著樂觀的期待，挽著優一手臂的或許是光葉。只靠光葉一人賺錢支付房租、生活費和優一的學費目前就已很吃力了，不可能有餘力來這種高級品賣場，但是或許夫妻倆是來看裴利的原稿展。或許光葉想和優一一起來，所以才拒絕昭子的邀約——

「你真的很〇〇耶，小優。」

年輕女人的吃吃嬌笑聲，和甜膩的稱呼傳入耳中，打碎了昭子的希望。

不是喊優一先生，是小優。

和優一同行的女人，從水晶製品陳列架前走到走道。

女人穿著春意盎然的碎花襯衫搭配黑色迷你裙，腳上是高跟短靴。雖然不甘心承認，但的確是很適合這種打扮的窈窕美人。她挽著悠一的手，緊緊依偎著他。

優一穿的是襯衫和牛仔褲，腳上想必是球鞋，但那可是真皮製高檔貨。是去年聖誕節，光葉送給他的禮物吧。

——媽，很抱歉提出這麼厚臉皮的要求。但是，如果妳要送我聖誕節禮物的話，我希望能折抵現金。我要買優想要的皮革球鞋，可是錢有點不夠。

優一把想必是女人的粉色春季大衣，和自己的黑色皮夾克抱在腰側。

那件皮夾克，應該也是光葉送的。打從婚後，優一全身上下的行頭都是光葉買的。而那個男人，一次也沒有推辭過。

——妳那樣，是貪圖便宜因小失大。

昭子的腦海，重現火辣辣的刺痛回憶。那件夾克貴得嚇死人，導致光葉沒有足夠的錢在同一間店給自己買新的春季外套，後來改在量販店購買，結果那男人看了居然這麼說。貪、圖、便、宜。

——我挨罵了。

看光葉老實地陷入沮喪，昭子當時真想抱抱她。然後，也想揪著她的領口，狠狠搖醒她。傻丫頭，妳到底打算被那種男人騙到什麼時候？

激憤伴隨記憶復甦，視野彷彿染成血紅。昭子感到一陣暈眩，連忙抓住陳列架的邊緣。

妳給我振作點。怎麼可以受到一點打擊就洩氣。要採取行動啊妳。

昭子忠實聽從內心的命令，決定跟蹤女兒的丈夫。

跟蹤到一半，她用手機攝影也拍了照片。優一和女人黏得很緊就像一般情侶那樣漫步，旁若無人地沉浸在兩人世界，而且昭子是小心翼翼保持距離跟蹤，所以完全沒被發現。

之後，她眼看著兩人離開大馬路，走進面向僻靜巷弄的飯店。

飯店規模小巧，櫃台也狹窄。如果繼續追下去會穿幫。昭子停止跟蹤，轉身走向附近最近的車站。太陽穴已經開始漲痛。因為跟蹤期間，她一直咬緊牙關。

去外縣市出差發生車禍身亡時，岩佐省三年僅三十二歲。別說是獨生女光葉穿婚紗的模樣了，他連光葉背書包的模樣都無緣見到。

命運對省三太殘酷。父母早逝，在親戚之間被踢皮球推來推去卻也總算長大了，認識昭子結了婚生下光葉，好不容易建立溫馨的家庭才剛得到幸福，沒想到轉眼就因酒駕肇事的車輛奪走生命。省三實在太可憐，當時的昭子，比起失去丈夫的悲痛，似乎只顧著替丈夫氣憤。

昭子也不是在美滿的家庭環境長大的。父母感情失和整天吵架，經濟也很拮据。而且父親在外面好像還有女人。昭子一就業，父親就迫不及待地離婚，從此失去音訊。母親投靠親戚獨自返鄉，晚年過得還算安穩。過世至今已是第四年。

昭子從國一開始送報紙，進入本地公立高中時的學費也是自己籌措的。畢業後在本地的信用合作社就職，透過職場前輩的介紹，認識省三。省三從技術類三專畢業後，任職精密機械零件公司，住在一坪半的小公寓，每月還得從微薄的薪資省下一點錢償還獎學金。

兩人認真交往，等到省三還清獎學金就結婚了。雖然沒錢舉行婚禮，但雙方的職場前輩和朋友，替他們辦了一場小小的慶祝派對。當時的照片，至今仍和省三的遺照一起放在佛壇。

婚後半年，有了光葉。孩子來得有點太早了，還沒存夠錢——昭子很焦慮，但省三大喜過望。這麼大年紀的人居然真的高舉雙手三呼萬歲，昭子還是頭一次看到。

四年之後，天降橫禍令省三驟然離世，留下昭子和光葉時，也是周遭的人們再次幫忙。省三的上司當下就介紹幹練的律師，所以昭子不用煩惱車禍的賠償問題。能夠以約聘雇員的身分重回生產前就已離職的信用合作社，也是多虧有前輩說情。當時他們住在公司宿舍所以必須立刻搬走，是省三的同期同事出面，代替抱著光葉幾乎被一大堆手續和申請事項壓垮的昭子分頭去找房子。

——我和昭子雖然沒什麼家人緣，卻有幸遇到好上司好朋友，足以填補親情的缺失還有餘呢。

想起省三有一次曾這麼說過，昭子一邊打包搬家的行李，不禁哭了。她把臉埋在紙箱，放聲大哭。

就是那樣的人生。雖然無依無靠，飽嚐艱辛，卻也總是得到幫助。

昭子教光葉要對那些人心懷感謝。昭子還教光葉，母女倆也要好好努力以便將來能夠幫助他人。

或許是她那種教育錯了。

昭子過於相信他人的善意。她只不過是運氣好，湊巧沒遇上壞人，卻讓光葉以為這世間充滿善意——

不過，如果容許她稍作辯解，其實土屋優一這個人，出現在光葉面前時，看起來還真是個正常的青年。

短短兩週時間，徵信社就替她把差事辦得漂漂亮亮。

「幸好岩佐女士當時用手機拍攝下來了。」

承辦的調查員誇獎她。

「而且，調查對象毫無防備……說得難聽一點，簡直像是公然作案。」

昭子瀏覽調查報告後，也覺得這句話形容得對極了。優一壓根沒想過外遇會被光葉發現。他掉以輕心地認為，光葉不可能懷疑他，絕對不可能察覺其他女人的存在。因為光葉徹底信任他。打從認識時，直到現在一直是。

光葉從縣立高中畢業後進入資訊工學類的專科學校，後來在專門處理醫療儀器的公司上班。她負責的是營業事務，為了盡快學會工作提升技術，有太多東西要學習。和國外的製造商溝通時，最好也能精通英文。

於是，就在她報名的商業英語補習班，認識了優一。

他不是學生，是教授基礎文法和寫作的講師。他畢業自知名私立大學的文學院英文系。

——其實我本來想選法律系，從小當律師就是我的夢想。

然而，如果要考司法測驗，不知何時才能就職。他不想讓父母擔心所以一度選擇了別的出路。

——但是出社會之後，我立刻察覺自己無法徹底放棄夢想。人生僅此一次。我不想後悔。

所以他離開了一畢業就進入的公司，在補習班領時薪當講師，一邊準備司法考試。

——我也在上補習班，和光葉妳一樣是在職進修生。

昭子如果能縮成花生米那麼小，躲進女兒的口袋跟著走，一定會在這一刻就忠告女兒。即使是講師和學生，見面第二次就直呼女孩名字的男人也太危險。更何況，那傢伙根本不是什麼「在職進修生」吧。故意模糊那條界線的人不可信任。

然而，兩人的交往順利發展。無論在哪個時代，父母的憂心碰上女兒的戀愛永遠毫無勝算。

昭子只能期盼，自己的憂心，就像糊塗刑警誤逮擁有不在場證明的無辜者的那番推理一樣被推翻。

沒想到，雙方論及婚嫁後與優一的父母見面時，才知道他居然謊報年齡。光葉一直以為他比自己大五歲（是被誤導著這麼以為），但昭子和他父母一聊，他重考一年留級兩年的黑歷史輕易被揭穿。原來二人相差八歲。

「差了八歲這麼多，我怕會被嫌棄太老。」

優一肅然表示，心虛地微笑。人家可不是故意要說謊喔。

他父母也笑咪咪的。其實都不是壞人。只是湊巧生了有出息的兒子，對兒子的將來天真地有恃無恐。他們說，優一腦子靈光，凡事只要照他說的做就對了。我家兒子絕對不可能有錯。父母哪有資格給他提什麼意見。

遼闊的世間，像優一這種聰明程度的人其實隨便找找都有一大把。不知情的樂天父母，絕不違抗父母那個期待的好兒子。不是達成期待。只是「不違抗」。

被土屋家三人的笑容感染，光葉也浮現微笑說：

「就算優一是大叔，我還是一樣喜歡。」

那一瞬間，昭子聽到命運的警報器響起。那是只有拗不過女兒戀愛的母親耳中才會尖銳響起的警告聲。

交往兩年又兩個月後，兩人結婚了。二十二歲的新娘，三十歲的新郎。只拍了紀念照，沒有舉行婚禮。

「目前暫時還得請光葉忍耐一下。岳母，對不起。等我考取律師，一定會邀請許多朋友辦一場盛大的婚禮。」

這番話，令光葉熱淚盈眶。可昭子的心中，卻連那一顆淚珠大的信賴都沒有。

昭子那時當然也還抱著一絲希望。她希望是自己猜錯了。也許只是自己和優一合不來，或許光葉才是對的。

婚後不到半年，優一就辭去英語補習班的兼職講師工作。

「司法考試果然不是一邊工作一邊利用餘暇備考就能考上的。我想讓優一專心準備考試。是我主動提議的，我說會堅定地支持他。」

光葉對昭子這麼說。妳別擔心，媽。我的薪水還算優渥。

優一的父母聽到這個消息，據說買了一張氣派的書桌給他。

「是嗎，那就好。」

昭子只說了這句話，其他想說的都吞回肚裡。並且包了五萬圓給光葉，讓她有困難時拿去用。

當晚，優一打電話來，

「您給的零用錢，光葉買了松阪牛肉回來，所以今晚我吃了豪華的壽喜燒。」

僅只是這樣的道謝電話。沒有道歉。沒有解釋。岳母，我辭去工作，今後要靠您的女兒養活，還請您諒解——他沒有這麼說。

母親悲哀的警報器，再次響起。

現實是殘酷的。光葉的薪水和少許加班費，根本無法支撐兩人的生活。過了一年、兩年後，這點連旁人都看得很清楚。

最大的開銷，是優一的補習費。雖然價格要看怎麼選課和配套方式，但一年大約要花九十至一百萬。

就連那個「大約」的金額，光葉也始終不肯交代。她只說媽妳別擔心，總會有辦法的。

「妳才應該不要擔心。因為就算聽到金額，月薪微薄的母親也無法金援妳。」

優一無職後的第三個正月，光葉獨自來拜年時，昭子這麼說之後，光葉才終於告訴她。去年付了九十八萬。今年因為有幾個選擇題測驗的講座採用函授，所以應該不到九十萬。

「就算是預試，錄取率較高的年度也只有百分之四左右。去年是百分之三．七八。優一真的已經很努力了，但那是道窄門。」

光葉帶著些許辯解的言辭之中，猛然勾住昭子耳朵的，只有這兩個字的發音。預、試。

剩下自己一人後，昭子用手機試著搜尋。

早就該這麼做了。

原來優一根本沒有挑戰司法考試。他報考的是在那前一階段的，為了取得報考司法考試資格的「預試」。而且落榜了。已經連續數年都止步於此。

合格率的確只有百分之四左右。說那是窄門並非謊話，但就算如此也不代表可以原諒。

吃軟飯也該有個限度。

光葉也該趁早清醒了。

可是，可是，問題是。

說不定真的會考取，那是邪惡魔法最具殺傷力的咒語。

那一年，乃至翌年，預試的結果按照光葉的說法都「不太理想」，優一換了補習班。新的補習班學費更貴，於是光葉開始在週六週日打工。

「現在的公司很寬容，只要事先報備就同意我們做副業所以幸好。」

一點也不好。每次見到光葉都發現她越來越瘦。電話中的聲音也有氣無力。能夠這樣擔心的日子還算好。後來，光葉逐漸「沒時間」連見都見不到面，電話也無法好好多聊兩句，傳給光葉的簡訊和LINE也好幾天沒回覆，再不然就是優一代為回覆。

「岳母，得知您一切安好真是太好了。我們也過得很好。」

老套的殷勤文字之間，那小子和他的父母不知疲倦的吟吟笑意隱約閃現。

昭子彷彿一頭撞上漆黑的牆壁。

光葉，妳在旁邊嗎？

妳聽不見這個警報聲？

媽聽得見。警報叫囂著這艘船即將自動爆炸，請在十分鐘之內撤離。

「我買了亞曼達．裴利展的伴手禮回來。好久沒見到妳了，妳要不要來坐坐？」

正好是女兒節喔。妳出生的時候，妳爸爸一次又一次跑去淺草橋，去的次數多到店裡的人都記得他了，最後才精挑細選出那組雛人偶擺在家裡。妳來看嘛。

手機那頭，光葉今天的聲音也沒什麼精神，卻意外爽快地答應了。

「這個星期六，我打工的超商因為店面重新裝潢，臨時歇業。」

好久沒和媽一起吃午餐了。況且馬上就是爸爸的生日——她說：

「他如果還活著都五十七歲了。」

「對呀。距離退休已經開始倒數計時了。」

昭子感謝丈夫的亡魂。謝謝他把光葉叫回來。

「那我到時候做點散壽司。」

「太好了！優一也說媽做的散壽司是日本第一。」

不，我可沒有邀請優一。

「既然是慶祝女兒節，就讓優一在家看家吧。」

「嗯。這個週末，優一已經另有安排了。他說要和民法講座認識的朋友去集訓，加強複習。」

據說週六週日預定在鎌倉的老旅館住一晚。

「是喔。」

昭子的腦海，浮現碎花襯衫迷你裙的女人的笑顏。那個喊光葉的丈夫「小優」的女人。

什麼集訓加強複習根本是鬼扯蛋。優一是要和那個女人上哪過夜。徵信社的調查報告中，提到兩人上週在書店翻閱旅行雜誌和旅遊指南。據說可能是在計畫出外旅行。

昭子聯絡徵信社的調查員，請對方追加調查。

「我看太漂亮就忍不住買回來了。」

週六的下午，光葉帶著桃花來了。

「是在車站前的花店買的？」

「對。大概是因為一半以上都已經開了。只要半價。」

豈止是一半，粗枝上的花苞有七成都已經盛開了。

「這樣熱熱鬧鬧的更好。」

省三替光葉挑選的雛人偶，是在裝水果的紙箱那麼大的玻璃框內，收納所有的人偶乃至祭壇等道具看起來很可愛。把插在高玻璃瓶中的桃花放在旁邊，看起來就像是世界樹在守護小玻璃框內的小雛人偶。

「爸爸，好久不見。」

光葉在佛壇上香，對著永遠三十二歲的父親笑容合掌膜拜。

之後，母女倆圍桌共進遲到的午餐。有散壽司和湯、烤土魠魚及燙油菜花。飯後甜點是櫻餅。母女倆邊吃邊聊。昭子幾乎都在談亞曼達・裴利的原稿展，光葉談醫療儀器業界的景氣好壞，以及意外能在超商買到的道地甜點。

裝著徵信社調查報告的信封，藏在電視櫃的下面。昭子並不打算一開始就把那個放到女兒面前。

收走櫻餅的盤子，重新泡綠茶後，昭子肅然坐正。然後，把顯示那張照片的手機放到光葉面前。

「對不起。其實，我有話跟妳說。妳看這個。」

光葉的表情倏然靜止。

「什麼？」

「我去看亞曼達．裴利展的時候，意外看到優一。」

昭子指著手機螢幕。光葉的目光垂落母親的指尖，但她沒伸手，也不肯拿起手機。

「不只那一張喔。」

光葉微微瞠目地看著昭子。見昭子沉默，終於慢吞吞地抓起眼前的手機。

「也有影片。妳好好看清楚。」

光葉滑動螢幕，凝視顯示的照片。一張，又一張。退回去，又是下一張。

她操作手機的樣子毫不遲疑。影片播放，聲音細微洩出。

「……妳這傢伙……真是的。」

「那是因為小優〇〇。」

男女開朗的笑聲響起。

省三死後，母女倆相依為命的公寓。坐北朝南兩房一廳。光葉是從這裡出嫁的。就連壁紙的污漬都充滿回憶。

這樣的室內，此刻冒出冰河傾軋的聲響。那是削取現實，可怕的沉默之音。

驀然回神，昭子發現自己在冒冷汗。

不對勁。

不該是這樣。

我的女兒一點也不震驚。她眼中浮現的，是令人難以置信的理解神色，以及——

羞愧。

為何？為什麼？

答案只有一個。

「……妳早就知道了吧。」

聽到昭子這句話，光葉緩慢地深深點頭，把手機放回桌上。

「對不起。」

聲音低微如在囁嚅。

「我自己也知道，讓媽失望了。」

「妳都不生氣？優一可是背叛了妳喔。」

「沒那麼嚴重，不是外遇或不倫那回事。」

「不然是什麼？」

「那只是轉換心情。」

雖然不願相信，但昭子的女兒的確是這麼說。嘴角，是壓抑不住的扭曲，眼中卻帶著笑意。

如果是轉換心情，我現在待的分店，每天也在做啊。關閉櫃台窗口後，大家一起做廣播體操。

轉換心情這個字眼，應該是那樣用才對喔，光葉。

「一直落榜，優一說自己也沮喪得要命。那種時候，在家看到我，他會感到愧疚因此格外難受……」

「所以就想和野女人鬼混？」

「媽妳別說得那麼難聽，好嗎？不過，逢場作戲就是逢場作戲。每次頂多三個月就會結束。」

昭子的世界翻覆。

桃枝上，掉落一片淺紅色花瓣。

「妳說什麼？」

每次，每次是什麼意思？

「這個女人是第四個了。」

光葉的呼吸一絲不亂，平靜說道：

「對方通常是他大學朋友的朋友，或是在常去的店裡經常碰見的熟客。」

每次，只要一開始我就會立刻察覺。因為優一這個人藏不住心事。

「一旦結束，他就會特別喜歡跟我撒嬌，明明不是什麼紀念日也會買禮物給我，所以我就會知道，啊，他們分手了。」

就只是這樣喔——昭子的女兒笑了。

笑意雖小，卻很溫暖。是照亮地下納骨堂的燭光。如果這抹燭光消失將會陷入徹底的黑暗。

優一之所以「公然作案」，原來並不是因為他掉以輕心地以為光葉不可能發現。而是因為，他知道光葉就算發現了也不會有任何影響。

但我無法容忍，因為我是光葉的母親。

「就連此刻，他肯定也和這個女人在一起。」

昭子用顫抖的聲音控訴。

「噢，不會不會，那絕對不可能啦。」

光葉用彷彿回到十幾歲小女生的口吻說，不停搖手。

「他五月初就要考試了，集訓複習功課是真的。現在已經是最後關頭了。」

可是，他不是還和那個女人約會嗎？不是還帶女人去旅館開房間嗎？

汗水滑落昭子的背部。

「將來，等到優一當上律師，這種事全都會變成甘苦談。會苦笑著，滿心懷念地回想起。我知道。因為我們相愛，所以能夠信任優一。媽，妳別擔心。」

變得這麼瘦，臉色這麼糟，從早到晚工作累得精疲力盡，居然還叫我別擔心。

因為相愛，所以能夠信任？

絕望自體內深處湧現，幾乎令昭子窒息。

「將來，等那男人真的實現夢想，妳知道妳會有什麼下場嗎？」

昭子的聲音低沉嘶啞得連自己都驚訝。那不是母親對回娘家的女兒說話的聲音。簡直是詛咒。

「讓妳做牛做馬養活他，他感到內疚，所以就躲進別的女人懷抱。他是能夠面不改色幹出那種事的男人喔。等他實現夢想，絕對會拋棄妳。因為妳會變成他不堪回首的過去污點！」

面對面互相凝視的光葉，目光深處，浮現身為母親的昭子哪怕是一瞬都沒料想到的真實情緒。

那，是憐憫。

僅有四年的婚姻生活。還來不及成為真正的夫婦就死了丈夫。得不到夫妻攜手克服難關熬過低潮的經驗，只能抱著一丁點回憶的餘燼，獨自活著。

從此在漫長的歲月中，忘記怎麼愛男人的女人。

真可憐，妳是不會懂的。妳不懂我的心情，也不懂我們夫妻的愛情與真實。

可憐的、孤獨的媽媽。

「對不起。」

光葉撇開眼，低聲說：

「總有一天，媽一定也會明白。所以我拜託妳，再給我們一點時間。」

面對低頭懇求的女兒，昭子把裝有徵信社調查報告的信封隨手一扔。

「妳自己看。」

好好看清內容，一字不漏地。

「這才是現實。自己親眼確認，別再做白日夢了。」

光葉沒有碰信封，拉開椅子站起來。

「我該走了。明天超商是早班。謝謝招待。」

桃枝上，無數花瓣一齊掉落。彷彿世界的一角傾頹。

這個公主，為什麼會在第七層抽屜迷路呢？

「昭子覺得呢？」

以前，她曾和省三這樣討論過。在光葉睡著後，夫妻倆看著《抽屜裡的王國》。

被丈夫這麼問，昭子很驚訝。

「這還需要解釋嗎？這本書只不過是在描述抽屜裡有種種景色，也有人有生物吧。」

不見得喔。省三說。

「在我看來，這個故事是在說被壞魔法師擄走的公主，好不容易逃出來，想要回到家人等候的城堡。」

被他這麼一說，「第一層抽屜」那一頁，的確是從城堡尖塔眺望的風景。

「第一層抽屜，是這世間的春與秋。」

以五彩繽紛的縝密筆觸，詳盡描繪出春天的花和秋天的果實與樹子。

接著「第二層抽屜」，是士兵把守的城堡大門。

「在第二層抽屜，詢問來者姓名的門衛。」

——我是這座城堡的公主。

光葉三歲時省三買給她的繪本，在她結婚時，並未帶走。因為她和優一住的公寓書架上，已經塞滿他的參考書和法律書籍。

如今，在丈夫的遺照微笑的佛壇前，昭子翻閱著那本繪本。

「在第三層抽屜的牧場嬉戲的羊群。」

「在第五層抽屜的沼澤藏匿的飢餓鱷魚群。」

「在第七層抽屜的深邃森林哭泣的迷路公主。」

「在第九層抽屜的洞窟中睡覺的盜賊。」

「在第十一層抽屜的懸崖邊吠叫的野狼。」

「在第十三層抽屜聳立的壞魔法師的城堡。」

岩佐昭子沒有哭。因為她堅信尚未失去女兒。

抽屜有十三層。人生還很長。

凋零皆為結新果，朵朵桃花紅。　過客

遠自異國來拜訪，佳婿洗墳墓

「媽，妳是不是不蘇胡？」

一下車，卡洛斯就主動對她說。

結城琴子拿大手帕抹去臉上的汗水。冷氣吹得渾身發冷，只有腦袋和臉孔發熱。因此有點頭暈目眩。

她打從年輕時就受不了夏天，到了七十二歲的現在，這個季節更加難受。

「哎呀真的，媽妳臉色很糟耶。」

從駕駛座出來的沙苗，繞到車前，湊近檢視琴子的臉。

「是我開車不夠平穩，害妳暈車了嗎？」

琴子微微搖手。

「不是的，我只是動不動就容易發熱頭暈。上了年紀之後，自律神經也遲鈍了。」

沙苗從皮包取出喪服用的黑扇子，開始朝琴子的臉搧風。卡洛斯打開後車廂取出裝花束的大紙袋，接著又彎腰探身進去似乎在找什麼。

「怎麼了？」

卡洛斯整個人還半埋在後車廂中回答，「給媽媽，陽傘。」

沙苗笑了。

「你說上週帶去海水浴場的那玩意？那個不行啦，那是海灘陽傘。」

卡洛斯聳聳肩，對琴子微笑地小聲說：

「對不起。」

這哪需要道歉。卡洛斯的關懷，琴子只覺得感動又欣慰。

就在這樣對話之際，孝昭他們的車駛入停車場。那是他們鍾意的德國車，今天也擦得亮晶晶。

琴子的亡夫和這個長子雖然外表和個性都不太像，唯獨愛德國車、愛乾淨這點一模一樣。

「哥哥真是的，又迷路了？」

沙苗的奚落，由後座衝出來的孩子接招。是熱愛游泳池、曬得黝黑的女孩和男孩。

「因為阿梓去上廁所了。」

「我也是！」

敦美從副駕駛座下車。肩上掛著鼓鼓的托特包，撐開有蕾絲邊的黑色陽傘。

「抱歉讓各位久等了。」

從駕駛座出來的孝昭，伸展瘦得一把骨頭的身體，順便打個大呵欠，仰望夏日天空。

「天啊，悶熱得像烤爐。」

「畢竟是中元節。」

敦美一邊拿陽傘替琴子擋太陽，如此說道：

「這裡沒有遮蔭的地方，還是快走吧。」

讓吵吵鬧鬧的孩子打頭陣，琴子一行人朝墓園的入口邁步走去。停車場的柏油路面，以及整齊排列無論顏色和外型都五花八門的各種汽車烤漆，反射炎夏的陽光。琴子的汗水從太陽穴沿著臉頰滑落，始終沒停。

「媽，還是先找個涼快的地方休息一下吧。」

沙苗關心地提議。

琴子的亡夫結城克典長眠的墓園，乍看之下有涼爽的草坪圍繞。但是只有墓園邊緣才有樹林遮蔭，草坪在反射強烈陽光這點也不比柏油路面遜色。

「先去管理大樓如何？那邊應該有咖啡廳吧？」

敦美點頭。

「對，有。我們先去掃墓，這段期間，媽你們就去那邊休息。」

「哎喲，如果要打掃交給我和卡洛斯就好了。對吧？」

沙苗轉身對卡洛斯說。卡洛斯穿著很適合微黑膚色的雪白亞麻襯衫，一手拎著裝花束的紙袋，還替敦美拿托特包。那裡面裝的大概是孩子的替換衣物和喜歡的玩具、繪本。帶著小孩，不管去哪都會變得大包小包。

「平時難得來掃墓，已經很不孝了。至少這種時候，讓我們出把力氣。」

卡洛斯嗯嗯有聲地猛點頭。這個來自異國的女婿，還無法說出一口流暢的日語，不過聽力方面似乎已經沒什麼問題。

「那就我們三個先過去吧。敦美，妳帶媽和小傢伙去咖啡廳，先吃點冰淇淋聖代之類的。」

被簡稱為小傢伙的琴子的可愛孫兒，是六歲的梓，和剛過完四歲生日的翔太郎。冰淇淋聖代這個字眼的魔法，當下出現效果。

「耶！聖代聖代！」

「我要吃蛋捲霜淇淋！」

蹦蹦跳跳的孩子身旁，敦美斜眼瞄了一下孝昭。

「應該先去祭拜。」

「有什麼關係。反正老爸也愛吃甜食。」

「話不是這麼說。」

敦美似乎是從小接受父母嚴格的教養，即使是這種家庭活動，也遠比大而化之的孝昭更計較規矩。對琴子來說，當然非常樂見兒媳這種態度，不過現在她該替哪一邊說話呢？

「去吃，聖代。」

卡洛斯莞爾一笑，對兩個孩子說：

「巧克力聖代，好吃。」

梓和翔太郎更開心了。沙苗拍了一下手說：

「好，就這麼決定。」

全體先去管理大樓，敦美和孩子去咖啡廳佔位子。孝昭和沙苗、卡洛斯去找管理大樓的員工借打掃工具，前往墓地那邊。

此時正值中元假期，管理大樓和墓園都有很多人來。多半是攜家帶眷。咖啡廳的位子也超過一半都有客人，挑高的天花板和大片玻璃窗，迴響著人們的談笑聲。

即使在這種情況下，琴子的兒媳也一如既往地伶俐周到，佔了一個能夠放眼眺望墓地的窗邊沙發座。可以看見孝昭和沙苗、卡洛斯走過鋪滿碎石子的步道，朝著亡夫墓地所在的那一區走去的身影。孩子一揮手，卡洛斯就立刻發現了，也朝他們用力揮手。

「奶奶，妳要吃什麼？」

「奶奶喝冰紅茶就好，小梓選妳自己愛吃的。」

「那我要香蕉聖代！媽媽吃水果聖代？」

當著臉貼臉吱吱喳喳打量菜單的孫兒面前，敦美對琴子道歉。

「連我也跟著偷懶，真不好意思。」

「這是什麼話。」

琴子是真的不在意。沙苗夫婦住在必須搭飛機——而且得遠度重洋才能往返的地方，就連中元節掃墓，都難得能來一趟。

必然地，日常生活中的小事，琴子都是仰賴兒媳。偶爾讓親生女兒做點事也是應該的。正因為沙苗本人也這麼想，才會那樣主動提議吧。

不，說不定不只是那個原因，還有別樣心情。

「媽，其實，有件事本來想晚點再報告……」

敦美小聲開口。

點完餐，孩子又貼著咖啡廳的窗戶玻璃，背對大人。這個墓園位於坡度徐緩的丘陵斜坡，管理大樓位於最高點，所以視野不錯。藍天白雲，綠色山丘，山丘下是成片街區，也能看見新幹線的高架橋和高速公路。大概就像在看立體透視模型吧。

孝昭爽快地把老婆排除在掃墓陣容之外，也讓琴子猜到一點苗頭。

「第三胎？」

她反問，敦美喜孜孜地點頭。

「剛進入第十週。」

「哎喲，太好了。恭喜。」

孝昭和敦美是辦公室戀情之後步入結婚禮堂。敦美調到不用加班的部門，利用產假和育兒假，一邊工作一邊打理家庭。

琴子過世的丈夫就像是企業戰士的範本，假日也很少在家。家事更是完全不碰。琴子是家庭主婦，孩子也幾乎都是她一人帶大的。在那種時代，那被視為理所當然，所以她很佩服敦美這樣的萬能女強人。

「那妳又要忙碌了。會害喜嗎？」

「我運氣好像不錯，這次也幾乎都沒事。」

懷小梓和翔太郎的時候，敦美沒被害喜或身體不適折磨過，一直工作到休產假前夕，生產也是短時間就順利生下。的確是幸運的媽媽。不過第三次不見得也能如此。

「好好保重。」

「是，謝謝媽。」

色彩繽紛的聖代送來了，孩子發出歡呼。

「你們吃吧。我還是先去洗個臉。」

對敦美指一下洗手間的標示那邊，琴子從椅子站起來。第三個孫兒，想到亡夫會多麼高興，不禁心頭一痛。她不想在兒媳面前表露，令對方擔心。

洗手間在管理大樓後方。通往那邊的走道一側是整面玻璃，所以和咖啡廳的窗邊座一樣可以放眼遠眺墓園。

東側B區第七排二十五號。孝昭三人替丈夫掃墓的身影，看起來只有茶匙那麼大。

把菜瓜布浸泡在有提把的水桶中，卡洛斯正在刷洗克典的墓。孝昭拔雜草，沙苗把過大的花束解開再重新綑綁。

這是家族風景——琴子想。比這世上任何東西更重要的，我的家族。

老公，大家又來看你嘍。琴子在心中如此呼喚亡夫。

走進洗手間，把冷水潑到臉上，頓感神清氣爽。移到化妝室在高腳凳坐下，剛取出化妝包，就聽見逐漸走近的腳步聲。

「哎呀，結城太太。」

在身旁駐足，出聲招呼琴子的女人，穿著青灰色紗質外出和服，腰繫白底銀絲博多腰帶，頭髮也經過精心打理。

琴子暗想，雖然全身以素雅的色調統一，但這身打扮來墓園還是過於盛裝了。

「守口太太。好久不見。」

守口夫人是琴子和丈夫住在以前那棟房子時的附近鄰居。年紀相近，生活水準也大致相同，所以若不惹糾紛、安全來往的話算是好對象。彼此也曾一起擔任區內自治會的幹事。

「妳好。來掃墓嗎？」

夫人的和服，散發焚香的氣味。

「對。天氣真熱。」

巧合的是，琴子穿的連身裙也是偏藍的淺灰色。正因為色調相似，在氣勢上輸給和服是顯而易見的事實，令她暗自不悅。

「這麼久沒聯絡真不好意思。」

「彼此彼此。」

「妳來祭拜的，是妳先生——對吧。」

守口夫人似有顧忌地緩緩翕動雙唇，如此問道。不用問也知道，不然還能來給誰掃墓。

「對。孩子和孫子也一起來了。」

「那妳那個外國女婿也來了？你們感情還是這麼好，真好。」

口紅塗得濃，因此守口夫人的嘴唇留有唇筆的痕跡。

「我也是和家人一起來的。」

守口夫人繞到琴子身後，在隔壁更後方的高腳椅坐下。

「幸好，外子也完全康復了，現在不用拐杖也能走。」

她從和服專用的皮包取出扁平的粉盒，開始補妝。守口夫人的五官實在算不上輪廓深刻，坦白講是塌鼻子。可是現在，琴子感到她的鼻子傲然聳起。

守口夫人用黏糊的口吻說：

「這一切，都要歸功於『搖籃』呢。」

琴子默默報以微笑，把化妝包放回手提包。

「我先走了。」

「好，再見。」

守口夫人扁平的臉孔綻放笑容，小眼睛頻頻眨動。看起來彷彿是因為無法張開大嘴嘲笑琴子，於是用眼瞼嗤笑。

比起吸汗後濕透的內衣觸感，那張笑臉更令人不快，琴子用力握緊手提包的把手。

距今三十年前，深海探測發現阿米巴原蟲狀的新生物細胞中，具有對人類而言堪稱萬能細胞的功能。這成了再生醫學的重大發現，內臟及上皮組織、神經細胞、造血細胞等的培養技術有了飛躍性進步。

經過數階段的動物實驗，很快開始人體臨床實驗，那驚異的成功率和受驗者的治癒率之高，令全世界的醫學界陷入狂喜。當時電視及報章雜誌的轟動，琴子至今記憶猶新。

所謂的「搖籃」，是使用這種萬能細胞的國立再生移植醫療專業機構的俗稱。因為他們能夠讓瀕死的病患重生，身體煥然一新如初生的嬰兒，所以不知不覺大家都這麼稱呼。日本國內現在有五間，第六間和第七間還在建設中。因為希望在那裡接受治療的人們大排長龍。

接受人類體細胞的細胞核，製造出需要的內臟和組織的這種萬能細胞，被稱為「miracle seed」。奇蹟的種子。作為本體的阿米巴原蟲狀生物，恐怕很難促使一般市民產生共鳴或移情。

正因如此，所以才好。不是牛或豬，狗或貓。沒有一般人身邊熟悉的動物外型。像一坨軟綿綿的果凍，所以把它活生生拆開取出細胞，也不須產生罪惡感。

製造人類的體細胞複製體，長年來，被國際條約嚴厲禁止。比方說為了做實驗提供卵子或募集卵子，在倫理、道義上也不被允許。但是，奇蹟種子不是人類，甚至不是近似人類的生物。它代替人類體細胞的作用，而且幾乎所有的人體零件都能製造，簡直是奇蹟，是全人類的福音。

拜奇蹟種子所賜，主要先進國家的人們平均壽命輕鬆超過一百歲。因意外和災害身負殘疾的人，失智症的病人，也都能夠以很高的機率恢復健康的身體。

進而在本國，不只是國民受到這最先端治療技術的恩惠，也接收其他醫療技術不成熟國家的富裕階層病患，使得醫學界成為一大成長產業。有了優秀人才和資金，研究更加進步，形成良性循環，「搖籃」確實地不斷扮演那個任務越發壯大。

奇蹟的三十年。

然而，並非人人都張開雙手歡迎這種事態。

打從當初發現時，部分海洋生物學者之間就出現強烈的反對論調。奇蹟種子，是在特定的培養地培養——換言之要先讓它長大，變成身長一公分左右外型如同有尾巴的青蛙。然後他們會成群結隊，攝取養分或在面對外敵時進行交流採取行動。更令人震驚的是，如果是培養到那個程度的奇蹟種子，還會在群體中進行繁殖。

奇蹟種子，原本並非對人類方便好用的細胞群。只是在深海這個過於嚴酷的環境下才變成阿米巴原蟲狀，作為生物它其實也可能變成別的形狀，說不定也可能擁有高度的智慧。

不看那些事實，早早就把它排除在生物學的研究對象之外，只當作醫療「材料」來處理的作法恐怕值得商榷。那樣子，畢竟還是違反倫理道義吧？

作為萬能細胞的奇蹟種子的安全性，就長遠看來，也還無法確定。別說是十年了，如果不過個一百年，絕對無法確定是否會有嚴重的副作用或者意外的缺陷。現在卻早早就進展到成立專門的醫療機構收治臨床患者，難道不是輕率之舉嗎？

進而，這裡還有一個更嚴重的倫理問題。使用奇蹟種子的人體零件再生研究如果就此繼續發展下去，想必人類遲早會走到全身上下都是人造人的技術領域這一步。

這可不是憑空畫大餅。發現奇蹟種子的十三年後，在亞洲某國宣布（非官方的）已經成功完成實驗培養。在北美及非洲大陸某處，傳聞也成立了那種專門機構製造生產。「製造生產」。聽起來簡直像工廠。

奇蹟種子人類的誕生。不，是生產。這種行為能被容許嗎？

至於結城克典，說他是這種反對派，倒也沒有那麼強硬，所以或許該稱他為慎重派更恰當。總之，他認為不該急著繼續發展。

三十年前，克典和琴子都還年輕力壯，幸好也很健康。而且彼此的父母，也都在第一所「搖籃」建設之前就已往生。

所以，對於奇蹟種子帶來這種奇蹟恩惠的好壞，夫妻倆第一次不得不設身處地地思考，是在九年前。

那年，國內成立了第二所「搖籃」。

克典做定期健檢時，發現體內深處有棘手的病灶。勉強還算是早期發現。

當時參與志工活動遠赴南美的沙苗，邂逅在電力公司當技師的卡洛斯開始交往。

克典為了戰勝病魔，選擇了一般的手術和化療。在這個時間點他對「搖籃」的意見是——

還無法信任。

因此在這個階段，夫妻倆不用討論太久，就決定選擇這條路。

然而，六年後，本已痊癒的克典病情復發。這次很嚴重，就病情和惡化速度看來，一般治療已經束手無策。若是一般人想必會毫不猶豫地依賴「搖籃」。否則就只能找安寧病房。夫妻倆面對這殘酷的二選一。

已經習慣異國生活，深受當地的自然人文吸引，也得到日語學校教師這份工作，和卡洛斯深深相愛的沙苗，這時已經和卡洛斯結婚取得他的祖國國籍。

如果只有克典和琴子兩人，只要討論一下就行了。六年來，克典更加堅定「漠視奇蹟種子這種生物的可能性讓它為人類犧牲是錯的」這個信念。至於琴子，比起思想信念當然更希望老公能活下去。雙方意見碰撞，最後看哪一方獲勝，僅此而已。

可是，沙苗和卡洛斯的異國婚姻，把問題變得複雜且感情化。

反對將奇蹟種子用在醫療方面的人，在日本國內是少數派，但就全世界整體看來，已是無法輕忽的規模。因為，基於宗教信仰，不在少數的國家都想遵守「神以祂的外型創造出的人類，不可由人類自己創造」這個禁忌。因此，在某些國家之間發生斷交和中止經濟交流，而且至今仍沒有恢復邦交。

這個問題，就是如此根深蒂固。同時，也是對個人造成莫大影響的樸素問題。

而沙苗，就是屬於這種情況。

卡洛斯的祖國，是軍政當權的一黨獨裁國家。國家元首和國民都是信仰創世神的一神教虔誠信徒。在他們看來，奇蹟種子等同惡魔的使者。

已經和卡洛斯結婚成為該國國民的沙苗，如果親生父親靠奇蹟種子治癒重病，立刻會被逮捕下獄。當然卡洛斯也是同罪，兩人都有可能遭到槍決。

沙苗方寸大亂，堅稱要和卡洛斯離婚回國。她哭著道歉，婚前，我應該再好好問清楚爸爸的病情才對，是我太輕率了，對不起。卡洛斯安慰沙苗，也說會尊重心愛的沙苗做出的決定。

然而推翻兩人這悲壯決心的，是克典。

——我不像卡洛斯擁有那麼深厚的信仰。也不認為他的祖國以特定宗教束縛國民是正確的。但是，基於與此全然無關的理由，我已下定決心。

我不會去「搖籃」。如果這就是老天給我的壽命，那我欣然接受。依賴奇蹟種子是錯誤的作法。我要為自己這個信念以身殉道。克典冷靜、沉穩且溫和地這麼說。

——沙苗和卡洛斯，你們完全無愧於天。挺起胸膛活下去，追求你們的幸福吧。

之後和病魔對抗了半年多，克典與世長辭。

家人之間，並非毫無內心糾葛和爭論。孝昭也曾情緒激動，沙苗更是哭到眼淚都乾了。儘管如此，最後大家還是接受克典的決定，順從他的意思。

最舉棋不定一再逡巡的是琴子。她比任何人都更了解頑固的克典。丈夫一旦下定決心，就算說破嘴皮也沒用。但是，如果沙苗當初沒有認識卡洛斯？如果沒有卡洛斯，你應該也會撇開什麼思想信念，渴望活得更久吧？

握緊病床上的克典的手，就那麼一次，她不顧一切地這麼勸說丈夫。結果，琴子的丈夫是這麼說的，

「心有束縛地活著，無異於死亡。」

所以，琴子也決定了。

掃完墳墓，沙苗來喊他們。琴子想體貼兒媳，兒媳也想體貼婆婆，兩人共撐一把陽傘緊緊依偎，帶著生龍活虎的梓和翔太郎，走向墳墓。

在管理大樓的門口，正好又遇上守口家的人。包括守口夫婦和他們的兒子媳婦，三個小孩。守口先生比琴子的記憶中瘦了一圈，整個人都縮水了。不過，他的確連楞杖也沒用，走得很穩。

琴子失去克典時，那對夫妻私下嘲笑說，在這個有「搖籃」的世界，居然因那種病死掉的人太傻了。鄰里之間的流言散播網緻密且迅速。幸好琴子當時已經被悲傷擊垮。否則，她八成會衝去守口家破口大罵。

克典的一週年忌日辦完法事後，琴子和孝昭商量賣掉房子，在兒子夫婦住處附近買了小公寓搬過去。搬家前四處道別時，她得知守口先生也得了和克典一樣的病住院了。

——我老公不會死。我也不會讓他死。因為我們可沒有笨到輕信落伍的科學家戲言，白白拋棄僅此一條的寶貴性命。

也有人偷偷告訴琴子，守口夫人對附近鄰居如此宣稱。

從此，她以為再也不會見面。
她不知道守口家和這個墓園居然也有關係。真是討厭的巧遇。
抑或，這是一種考驗？是神明？老天爺？不管是誰總之是執掌命運者，在考驗我嗎——
琴子感到體內深處有蛇也似的東西蠢蠢欲動。那比血更冰冷、強韌且堅牢。
「媽，不熱？」
卡洛斯厚實的大掌，替琴子的臉搧風。
那敦厚的表情。清澈的雙眸。琴子心愛的女兒深愛的這個異國男人，正因為克典和琴子的決定是正確的，此刻才會在這裡。
請守護他們，老公。
夏日晴空下，琴子邁步。伴隨心靈相許的家人，一邊悄然默禱。
我的心，此刻被這祈禱束縛。將來是否有真正解放的一天呢？
那，將是曾為人類福音的奇蹟種子，被證明只不過是地獄使者之時。是人類再次套上病痛枷鎖之時。
就算是那樣也無妨。就算是那樣，琴子也必然會祈禱。

遠自異國來拜訪，佳婿洗墳墓。　矜香

雲遮月隱真面目，方才尚為人

我之前就隱約懷疑，姊姊說不定交了男朋友。因為她買了時裝雜誌，換了新的化妝品，還開始仔細除毛。不過起初聽到她承認時，還是忍不住感慨，哇，咱們家的內向小姐終於也有春天來臨了——我可不是瞧不起姊姊，先聲明，我很在乎她喔。

我們姊妹倆的年紀相差五歲，所以很早就各有各的房間，生活步調也不同，平時就不會黏在一起。所以反過來說也沒有大吵過。頂多是姊姊考高中和考大學前變得很神經質時，我正處於第一次、第二次叛逆期，經常和媽媽吵嘴被爸爸訓斥，氣得姊姊哭訴「家裡這麼吵根本唸不下書」，之後就一直是和平的姊妹關係。我愛講話又性急，姊姊則是溫婉柔順的性子，所以這樣的性格組合或許也不錯。

我現在是國三的準考生。姊姊是二十歲的女大學生。五歲的差距成了大人和小孩的差距，姊姊好像變得更加溫婉地守護我，我在課業上有不懂的地方時她也經常教我。數學的證明題或國語的閱讀測驗，我經常沒仔細看完問題就立刻自以為看懂了開始寫答案結果答錯了。

「實乃梨為什麼老是這麼性急呢？」

面帶笑容的姊姊無奈地說。她代替經常長期出差去世界各地的爸爸，以及資歷漂亮別說是有薪假，連代休都累積了一堆沒機會用掉的工作狂媽媽，完全扮演了我的監護人。年初和學校老師的三方面談也是，真的還不如請姊姊來談更省事，這點事後媽媽也同意。

「紀香更了解實乃梨嘛，是媽媽不中用。」

「讓媽媽請了半天假不好意思。」

「別跟我道歉，否則我會更覺得自己是個不及格的母親。」

媽媽很沮喪，那天晚餐請我們吃昂貴的義大利菜。姊姊起初說合唱團要練習不能來，但是雖然有點遲到還是趕來了，我們三人享用了豪華美味又幸福的晚餐。

店裡的氣氛和菜色，真的都超棒！

「讓爸爸也羨慕一下。」

媽媽拍下我們坐在桌前的照片。我比出剪刀手。結果，姊姊也從皮包取出手機把我嚇了一跳。

「真難得。」

「嗯。我要放在IG上。」

我想媽媽和我都露出了看到外星人的眼神。因為姊姊是那種聲稱「讓陌生人看到自已的隱私好可怕」，完全不碰社交軟體，日記也是寫在紙質日記本上的人。社團的推特她想必也只是看，自已從來不主動留言。

「有誰邀妳加入？」

媽媽喝了葡萄酒暈陶陶的，因此大膽地進一步追問。

「該不會有男朋友了吧。」

姊姊聽了，滿臉通紅。那可不是因為葡萄酒。

「果然。」我說。結果這次輪到姊姊驚訝了。

「實乃梨妳早就發現了？」

「多多少少這樣猜想。不過，到底是交了男友，還是有了暗戀對象，我就不知道了。」

這兩者差別可大了。

「我們剛開始交往。頂多才一個月。」

如此說來，是春假開始的嗎。

「那不是新鮮出爐熱騰騰嗎。是誰先告白的？」

媽媽根本不懂。姊姊怎麼可能自己主動告白。

「是他，他是我朋友的男朋友的朋友。春天去滑雪時介紹給我……」

「是什麼樣的男生？」

姊姊給我們看他倆依偎歡笑的照片。據說是上週末，去看電影時在電影院大廳拍的。

「星期六嗎！難怪姊妳那天特別卯足勁捲頭髮。」

「實乃梨妳連那種事都注意到了？」

真丟臉——姊姊羞澀地縮成一小團。

「是個帥哥耶。」

媽媽刻意做出舔舌垂涎的表情。不可以做這麼低級的動作喔，因為妳是媽媽。

「他叫做藤元達也。現在和我朋友就讀同一所大學的三年級。唸的是號稱最難考取的資訊工學系。」

是個眼鏡男。五官清淡。身材修長，是所謂的竹竿書呆。不過據說生於北方，滑雪技術超棒。他一定是緊跟著姊姊這個滑雪菜鳥一對一指導吧。

「嗯哼。原來就是這位達也同學，讓咱們家內向的長女變身啊。」

「我真有那麼大的變化？」

姊姊似乎有點不安，我連忙搖頭。

「不是變得判若兩人很奇怪的意思。我是說妳閃閃發亮啦。」

「噢？真的啊……」

姊姊的笑臉充滿歡喜。媽媽支肘撐著桌面嘻嘻笑。

「甜甜蜜蜜地好好去享受戀愛吧。我們這邊，等你們願意再安排見面就好。不過，兩人出遠門時一定要先告訴我喔。」

姊姊點頭。

「好，達也就算聽到我說這是第一次和男人一對一交往也沒有笑話我。他非常溫柔……」

「是個年輕的紳士耶。」

姊姊的 IG 也是在他建議下開設的，

——如果能知道紀香和家人朋友開心共度的樣子我會很高興。

「咻咻！」

媽媽猛吹口哨，她醉了。

「我們也拍一張吧。這樣應該等於間接介紹家人。」

「可以嗎？」

當然不可能反對。把姊姊夾在中間，請店員拍攝露出燦爛笑容的母女三人。

「暫時先別告訴爸爸。否則他萬一震驚得病倒了，會給公司造成麻煩。」

我從小就調皮搗蛋口齒伶俐，朋友多吵架也多，總是立刻交到男朋友又立刻分手，每次都搞得驚天動地是個鬧哄哄的妹妹。相較之下姊姊內向文靜又內斂，明明是超級美女，但不知怎的就是沒有男生追求，到目前為止始終單身。畢竟是爸爸心愛的寶貝小公主，如果突然得知這個消息，可憐的爸爸恐怕會一夜白頭吧。

媽媽和我都認為紀香的幸福就是我們的幸福，決定以柔軟的態度默默旁觀。姊姊和達也的感情似乎進展順利，黃金周連假時還只是當天來回的約會，可是到了暑假開始的八月，她第一次徹夜不歸。我雖然經常談戀愛，但是從來沒有不純潔的異性交往，所以或許沒資格說這種話，但就姊姊過去的純情程度來考量，這簡直是新幹線的速度。

這位達也先生，雖然溫柔但是否也有點霸道呢？我有點擔心，但是姊姊越來越漂亮，也開始隱約散發嫵媚的女人味，所以我把擔心埋回心底。真的，姊姊已經變成路過的人都會忍不住回頭的那種閃閃發光的大美女。

「我都開始害怕會不會被壞男人盯上了。」

「就算真有那種事，達也也會把壞男人趕跑吧。」

姊姊現在一週會有幾次做便當帶去大學。通常是兩人份，換句話說是要和達也一起吃吧。有時候，她會說「我做了很多菜」，也替我裝一份便當。不愧是立志當營養管理師正在攻讀營養學的人親手做的菜，不僅營養均衡看起來也很漂亮，當然味道也很可口。

正好就從這時起，姊姊開始不時問我「能否借用」我的穿搭用品。我們的身材相仿，所以尺碼方面毫無問題，但是彼此喜好不同，所以過去從沒發生過這種情形，這或許也是交了男友後的變化。

「妳的喜好變了？」

我懷疑姊姊是否也想挑戰我喜愛的休閒風格。

「是啊。我想冒險看看。」

然而，姊姊實際穿上我的衣服和首飾後，還是會變成「紀香改良版」。依舊走大家閨秀路線，感覺只是隱約添加了一絲流行前衛的味道。

「實乃梨如果也看中我的衣服或飾品儘管拿去用喔。」

如果是我，絕對沒辦法把她的衣服穿得好看。或許是品味的差距吧，這讓我還滿沮喪的。

這個夏天，我雖然是準考生卻和補習班認識的男生走得很近，隨即變成三角關係，搞得別別扭扭，連週遭的人也被捲入（雖然只有一點點）給人添麻煩，簡而言之我滿腦子只想著自己的事。爸爸耗費數年的企劃案進入最後收尾所以比平時更忙，媽媽也是老樣子，還是各自分身乏術。

所以，我們誰也沒發現。變身為閃亮亮美女照理說應該幸福滿滿的姊姊，有時候——真的只是悄悄的，臉上會蒙上陰影。我和媽媽大概也有點掉以輕心，已經抱著把姊姊託付給年輕的紳士達也先生的心態。姊姊開始變瘦時，也因為她本來有點豐腴，所以還以為她是談戀愛變漂亮了，媽媽也只是有一次提出建議。

「紀香，妳該不會在減肥？如果是那樣那我覺得妳可以停止了。否則繼續瘦下去看起來會顯得不健康。」

事後仔細想想，有太多次應該警覺的徵兆。比方說，姊姊辭去了一上大學就在咖啡廳打工的兼職，改去書店打工，可是很快再度辭職，為此和書店打電話溝通時，姊姊還頻頻道歉。個性認真一板一眼的姊姊，在咖啡店打工時很受店長器重，時薪也不錯，也交到朋友。

「從大學往返太不方便了。」

事到如今她居然搬出這種理由。之後在書店其實也只做了一星期，所以才會那麼鄭重地頻頻道歉吧。

「出了什麼事嗎？」

「沒事啦。我只是覺得自己好像不太適合做服務業的兼職工作。」

之後，姊姊有一陣子沒打工。暑假進入尾聲時，在朋友的朋友拜託下，姊姊成為那人的妹妹（要考中學的小學生）的家教，做得好像還滿順利的，所以我以為，「姊姊還是比較擅長教學耶。」

那樣忽視警訊的我，真的是大笨蛋。

暑假結束，第二學期開始後，我也終於切身感受到自己是個「準考生」。從發生三角糾紛的補習班換到別家後立刻有學力測驗，九月中旬的星期天，我從上午就被關在補習班教室。

考完已經過了中午。連我自己都覺得考得不錯，回家之前我想去麥當勞吃午餐，這時姊姊傳訊息來。

「考完了嗎？我就在附近，喝杯咖啡一起回家吧。」

這裡就在姊姊就讀的女子大學旁邊。姊姊說今天合唱團要練習，一大早就出門了。她大一的時候也是如此，合唱團在十月大學校慶時要辦發表會，所以從這個時期開始練習日程排得很緊。

我們約好在十字路口的大型書店前碰面，我戴著耳機邊聽喜歡的音樂邊等候時，只見姊姊從斑馬線那頭走來。不是一個人。身旁還有個戴眼鏡的高䠷男生。

是達也！我愣住了。在這種形式下初次見面？還沒拜會女友的媽媽就先見妹妹？我慌慌張張地想著這個順序是不是有問題啊，邊把手機收起抹平頭髮擺出立正的姿勢。

姊姊和達也手牽手。達也正在講話，姊姊似乎在嗯嗯回應著傾聽。還有點不自在的感覺特別可愛——就在我這麼暗想時，和姊姊對上眼。

「這邊！」

我揮手，對著走過來的達也乖乖一鞠躬。

「妳好。很高興認識妳。」

這位達也先生，就男生的標準而言聲音好像偏細。和身材倒是很搭，所以並不奇怪。穿著條紋襯衫和牛仔褲，皮革球鞋。黑框眼鏡是古典風格的款式，應該算是波士頓學院風吧。

「讓妳久等了。」姊姊嫣然一笑。

「達也學長，這是我妹妹實乃梨。」

「謝謝你照顧我姊姊。」

達也像偶像明星那樣展露爽朗的笑容。

「不敢當，都是紀香在照顧我。」

哇塞，直呼姊姊的名字。我還在暗自興奮之際，姊姊忽然說出謎樣的發言。

「看吧？真的是我妹妹吧？」

像要悄悄遞話給達也似地說得很小聲。達也對此毫無反應，我懷疑他是否沒聽見。

姊姊眨眨眼，看著我。

「考得怎麼樣？」

「我覺得還不錯。」

達也說，那去慶祝一下吧。

「找個地方喝咖啡吧。妹妹有喜歡的店嗎？」

「我才剛換來這邊的補習班，對這邊還不熟。」

「那就去我們每次相約碰面的店，好嗎？」

「好！」

那是一家氣氛平和的咖啡店，間接照明和彩繪玻璃很漂亮。店內流淌著古典音樂。

「很不錯的店耶。」

我在卡座坐下時這麼一說，達也推著眼鏡框，用柔和的語氣不假思索地說：

「虧紀香加入了合唱團，居然不熟悉古典樂，所以為了幫助她學習，我才會約在這裡碰面。」

我爸媽平時很忙，也難得有時間和我們姊妹好好說話。不過如果我們有煩惱找他們商量，他們一定會聽，做錯事時他們也會責罵，當我們努力做到什麼事，就算只是小事，只要有成果他們就會誇獎。

最重要的是，爸媽無論對任何事，絕對不會用「虧妳怎樣怎樣」這種貶抑的說法。初次見面還不到十分鐘就從姊姊的男友口中冒出這種說詞，讓我有點詫異。

然後我看著姊姊，更加詫異了。因為姊姊垂著眼似乎要躲避我。

「這裡的維也納咖啡很有名。」

達也沒有拿菜單，也沒有問我們喜歡喝什麼就點了飲料。然後，開始針對店內正好播放的歌劇名曲（據說是）和唱那首曲子的歌手大發議論。

姊姊和我默默傾聽。即使一曲終了換成別的曲子達也還在繼續解說，維也納咖啡送來了，但我不好意思打斷他的話，所以也不便拿起咖啡。當然，姊姊也雙手放在膝上始終在專心聽達也說話。

只有達也喝維也納咖啡，杯子空了之後，話題轉到我的考試和新的補習班。

「第二學期才換補習班，我實在不大贊成。妳是被之前的補習班踢出來的？紀香固然不聰明，看來妳的腦子也不好。」

語氣雖然溫和，說出的話卻是高高在上的嘲諷謾罵。正因為聲音溫柔，聽的人反而更火大。

「紀香的妹妹就是我的妹妹，所以妳如果不給我好好用功會很丟人。」

連這種話都毫不遲疑地說出口，我聽了豈止是憤怒簡直是傻眼。姊姊越發惶恐，見她想開口替我解釋，我使眼色制止她。

達也原來是這種男人？姊姊看起來一點也不快樂。我越來越生氣，只想趕快和姊姊一起離開這裡。絕對不能把姊姊留下來和這個男人單獨相處。

才過了一小時左右就這麼想的我，果然是急性子？是我太沒耐心嗎？但是不愉快就是不愉快。

——有沒有什麼好藉口呢？

這時，姊姊和我的手機，幾乎同時收到LINE。我什麼都沒想就立刻取出手機，姊姊卻先對達也說，「對不起。好像有人傳訊息來。」然後才看手機。所以我比她快一秒看到LINE的內容。

霎時，我感到全身的血液凍結。

「姊，小麗死了！」

LINE是媽媽傳來的。「小麗」是媽媽的媽媽，也就是我們的外婆。爸爸那邊有兩個奶奶（前妻和續絃），如果只說奶奶會分不清楚，所以會在前面冠上名字。但是，在名古屋市內和舅舅（媽媽的哥哥）夫妻同住的麗子外婆，和我們姊妹感情特別好，所以不知不覺省略了「外婆」直呼她小麗。

LINE的內容，是通知我們小麗在下午一點多出去買東西時猝然昏倒被送進醫院急救就此逝世。

我看著LINE之際，姊姊打電話給媽媽。操作手機的手在顫抖。

「媽媽？我是紀香。」

我想一起聽電話，於是繞過桌子靠近姊姊，挨著她握住她的手。和姊姊並排坐在兩人座的達也，甚至沒有稍微挪動一下身體讓出空間給我們。

「好，好。知道了，我們馬上回去。」

電話那頭的媽媽方寸大亂正在哭，所以當下第一反應才會用LINE傳訊。的確，起初她哭得抽咽根本聽不清她在說什麼。

掛斷電話後，姊姊拉著我的手站起來。

「達也學長，非常疼愛我們的外婆猝逝。我們必須立刻回去，和我媽一起趕去外婆那邊。對不起。」

姊姊雙眼含淚，聲音也在顫抖。我也已經忍不住，開始滴滴答答掉眼淚。

結果，大搖大擺坐在姊姊身旁文風不動的達也說：

「少騙人了。」

那瞬間，我驚訝得眼淚都打住了。

姊姊的臉色倏然發白。

達也的長臉，像面具一樣扁平。彷彿表情肌全部壞死，只是蒙著一層不會動的皮膚。
他的眼睛直勾勾盯著姊姊。
「剛才的電話，是男人打來的吧？」
他接著又說，老子清楚得很。
「妳在偷偷摸摸劈腿。妳到底對我有哪一點不滿意。像妳這樣的女人，看來不管對妳多好妳都不會滿足。」
我瞠目結舌。眼珠子幾乎蹦出來。
太扯了。這個人，到底在說什麼鬼話？
「手機給我看！」
達也說著已經伸出手，這次是我拉著姊姊離開桌子。我急忙抓起背包，和姊姊手挽著手站到走道上。姊姊全身僵硬，兩腳踉蹌不穩。雖然凝視達也，嘴唇卻只是抖動著沒有說話。
所以，由我代她發言。
「請你不要胡說八道。」
達也看著我。彷彿在這瞬間之前，完全忘記有我在場，他露出「這傢伙又是哪根蔥」的表情。
這句話該我說才對！
「我姊幹麼要說那種謊話。我看你腦子有病。」
實乃梨——姊姊囁嚅著推我。走吧，趕快離開這裡。

「紀香，把妳的手機給我看！」
達也又盯著姊姊，伸手擺出索討的姿態。
我感到脖子的寒毛倒立。達也冷冷地笑著。
「我已經給妳機會了，把手機給我看。只要妳停止劈腿，乖乖為說謊道歉我就原諒妳。」
他傲慢地理直氣壯這麼說，聲音大得周遭全都聽見了。隔著走道坐在另一張桌子的中年情侶，啞然地來回注視我們。
「我才沒有說謊。也沒有劈腿。」
姊姊勉強擠出顫抖的聲音說。但她的話聲方落，達也就咄咄逼人地接著說：
「滿口謊話。妳這個婊子，現在立刻在這裡打電話給那個男人，說妳再也不會跟他見面！」
達也的聲音有點怪異地拔尖。兩眼發直。
姊姊肅然挺直身子，斬釘截鐵說：
「不管我講多少次，你還是不相信我，是嗎？那就算了，我們分手吧。」
幹得好，說得太好了！我在心裡擺出勝利姿勢握拳的瞬間，達也猛然從座位跳起來打了姊姊一巴掌。那一巴掌強烈得腦袋都大幅度晃動。
「喂，別動手！」
隔壁桌的男客，立刻介入達也和我們姊妹之間。女客也站起來，擋在我們面前保護我們。
「你這是幹什麼，我要喊店員來嘍。」

女客高亢的聲音，令達也有點退縮。趁這機會，我用力拽著姊姊衝向門口。姊姊慌忙扒開皮包，從皮夾抽出兩張千圓鈔票。

「對不起，對不起！」

她對吧台內的店員高喊，將鈔票往門口旁邊的收銀台旁一放，然後我倆就頭也不回地逃出去了。

越過第一個十字路口之前，我甚至忘記要呼吸。姊姊舉手攔下路過的計程車，連滾帶爬地鑽上車，這才總算能夠喘口氣。姊姊的唇角破了在流血。挨打的臉頰通紅。

我哭了，姊姊也哭出來。司機轉頭看著抱在一起抽泣的我們。

姊姊一手依然緊抓著的手機響起鈴聲。一度停止後，又再次響起。一看螢幕是達也打來的。姊姊把手機調成靜音模式扔進皮包。

就算抵達車站，上了電車，在我們哭泣顫抖著奔向家門的這段路上，姊姊的手機始終執拗不停嗡嗡震動。

媽媽姊姊和我跳上新幹線趕往名古屋的途中，姊姊終於和盤托出。

達也變成那樣（不知該說是奇怪還是變態還是危險），是在兩人發生關係後立刻開始的。他從之前的溫柔紳士，變得非常愛吃醋愛生氣還滿嘴抱怨，他鄙視姊姊瞧不起她，動不動就冷嘲熱諷變成危險的怪人。姊姊（無論再怎麼慎選遣辭用語委婉表達）只要敢回嘴一句話，他立刻勃然大怒地動手，再不然就是作勢要揍她。他會大聲怒吼。亂扔東西搞破壞，要不就是踢椅子。

「他經常LINE我，檢查我現在在哪做什麼……」

姊姊之所以註冊IG帳號，也是達也要求的。

「起初，他說就算是通過網路也想每天看到我，所以我也很高興。」

但那逐漸變成明目張膽的監視。

「他說不盯著我的行動就無法安心。」

——因為只要我一不注意，紀香肯定就會去釣男人。

什麼啊，噁心死了。那已經不只是愛吃醋，根本就是有妄想症。

「紳士的面具底下原來藏著怪物啊。」

媽媽雖然因小麗的過世哭得太凶眼睛還很腫，但是姊姊的坦承，令媽媽立刻充滿鬥志地振作起來。她說寶貝女兒受到男朋友這種對待，自己卻到現在都沒察覺簡直是瞎了眼，臉色變得非常難看。

「媽媽沒有任何錯。是我瞞著你們。因為我覺得很丟臉，我以為只要忍耐一下，總有一天達也或許會恢復原來的樣子……」

不可能恢復的，媽媽說：

「會對妻子或戀人擺出那種態度的男人，是打從骨子裡就是那種個性。真正變成情侶後，他覺得就算暴露本性紀香也不可能逃走了，所以就開始為所欲為。」

我聽了也恍然大悟。

「咖啡店和書店的兼職，也是因為會有男客人來，所以才逼妳辭職的吧？」

我猜對了。姊姊最後好不容易改去當家教，也被他胡亂栽贓指控姊姊想和家教小學生的爸爸發展不正當關係。

「我怕給人家惹麻煩。」

所以姊姊說她已經開始覺得家教做不下去了。

更驚人的是，達也一邊那樣耍威風，居然還三天兩頭向姊姊要錢。

「約會的時候，每次都是我出錢。」

而且他很惡劣，事先向姊姊拿現金，付帳的時候達也再刷卡，裝出一副是自己請客的樣子。據說有時連整個皮夾都被他搶走。

「妳開始借用實乃梨的衣服和飾品，也是因為自己的零用錢都沒了，甚至無法買東西吧？」

媽媽的推測也被證實了，而且還有更過分更過分的事。

「我如果老是穿同樣的衣服，配戴同樣的飾品，」

——這是男人買給妳的吧。

「他就會發飆，所以和他見面時不能穿戴同樣的衣物飾品。」

他擅自在昂貴的高級餐廳訂位，刷卡替自己買一大堆東西，卻讓姊姊付帳單。

——因為這通通都是為妳才做的，妳心懷感激地出錢是理所當然。難道妳連這種事都不懂？

「他會不會還在繼續打電話來？」

車子來到新幹線車窗可以看見富士山的地方時，姊姊從皮包取出手機。解鎖後一看，數不清的未接來電和訊息。和我們分開後，這兩個小時他似乎片刻不停地一直在打電話發訊息。

「目前停止了。也許是放棄了吧？」

姊姊害怕聽留言也不敢看訊息，所以由媽媽和我代為檢查。內容還是在重複他在咖啡廳叫囂的那些話，期間也夾雜著所謂哀兵之計的哭訴。

「對不起我不該發脾氣」、「都是因為我太愛妳了」、「是妳不應該劈腿背叛我」、「妳反省過了嗎？我們互相道歉和好吧」、「沒有紀香我活不下去」、「如果妳不原諒我我就死給妳看」。

我以為電話留言也是破口大罵，沒想到他在哭，第一次親耳聽見大男人那樣軟趴趴地哭哭啼啼，我真的快吐了。

「絕對不能回覆他喔。電話也不能接。」

把手機還給姊姊後，媽媽說：

「紀香，妳會和這個男人分手吧？」

姊姊毫不遲疑地點頭，「對。」

「這個人很難纏，看來我和爸爸有必要介入。這些訊息和電話留言妳都保留起來。因為這些都是任誰皆可一眼看出他對妳的態度有多過分的重要證據。」

媽媽徹底燃起鬥志。

「拿出勇氣來，妳的態度要堅決喔。這都要歸功於小麗。是為了讓妳解脫，小麗特別給的機會。」

我也這麼想。如果沒有今天這場鬧劇，個性認真又溫柔貼心的姊姊，肯定為了不讓家人擔心，自己繼續忍氣吞聲。

到了名古屋車站是舅媽來接我們，我們坐計程車趕往小麗被送去的急救醫院。

「醫生說死亡原因可能是急性心肌梗塞，或是靠近心臟的主動脈剝離。」

詳情要解剖之後才知道。舅媽解釋，因為是在外面昏倒過世所以算是非正常死亡，站在家屬的立場雖然不忍心，但這個病理解剖還是不能不做。

在醫院和舅舅會合後，也去找急救醫師致謝，我們終於和小麗的遺體面對面。雖然悲傷痛苦得幾乎心碎，但我們在心裡默默重述媽媽在新幹線上說的話。回想起小麗總是期盼我們姊妹幸福的笑容。

小麗和舅舅舅媽的家，本來是媽媽的老家。大家先回那裡做準備，以便小麗回來後好讓她停靈，也忙著聯絡各方親友，和葬儀社的業者交涉。太陽下山入夜後，

「一定要好好吃飯喔。」

在舅舅舅媽的鼓勵下，我們去附近餐廳用餐。據說那是媽媽非常懷念的店，吃著美味的西餐，我們把眼淚吞回肚裡。

飯後送上咖啡時，舅舅和舅媽互使眼色推讓一番後，舅媽小聲開口：

「這種時候或許不該問這個……紀香，妳的臉怎麼了？」
姊姊的臉頰腫起來了，嘴唇破裂的地方也已變色。
事情是這樣的——媽媽開始說明。雖然沒有講得太詳細，但光是概略說明，似乎就已足夠令舅舅媽震驚了。
「幸好廣樹不在。」
廣樹是舅舅舅媽的獨生子，也是我們超喜歡的表哥。
「要是那孩子在，肯定會氣得發狂要去揍那傢伙。」
廣樹進入大型建設公司工作第二年，目前在東南亞的分公司。當地沒有直飛的班機，所以據說最快也要後天才能回國。
「妳一定嚇壞了吧，紀香。」
舅舅慈祥地說：
「媽過世雖然遺憾，但也多虧如此才能立刻和對方保持距離，在喪禮結束之前，紀香你們都會留在這裡，所以正好也算是冷卻期。」
「對，我也是這麼想。」媽媽點頭，「剛才我老公打電話來，他說請喪假的期間他會出面和對方交涉談妥分手事宜，紀香什麼都不用做。」
平時我老爸老媽雖然各有各的生活步調，但是碰上女兒有難時雙方超有默契。
「那我就安心了。紀香和實乃梨都好好休息。你們母女三人都要住在我們家吧？」

說到這個——舅媽插嘴，「紀香，妳那個男朋友沒動過妳的手機吧？」

姊姊微微瞠目，「我想應該沒問題……」

她沒什麼自信地語尾含糊其辭。對方連她的皮夾都搶走，手機或許也不可能安然無事。

「嫂子，妳在擔心什麼？」

媽媽這麼一問，舅媽有點難以啟齒地壓低音量，「手機不是有GPS功能嗎？只要下載專用的APP，我聽說第三方就能輕易鎖定手機主人的位置。」

我們面面相覷。舅舅也表情沉重地點頭。

「妳說那男的唸的是資訊工學系，是吧？那他對那方面應該很了解，就算手機上鎖了恐怕也不能安心。」

那傢伙擅自用追蹤位置的APP監視姊姊的手機，現在也一直盯著——

「那麼多的訊息和來電停止後，就此毫無消息也很詭異。」

天啊，太恐怖了。

「我們家是老房子，別的沒有就是地方特別大，也沒有安裝保全警報，所以紀香你們不如還是去住飯店吧？至少在廣樹和孩子的爸爸回來，家裡多幾個男人之前，這樣比較安心吧？」

「說得也是。如果只是瞎操心的笑話一樁當然最好，但是凡事還是小心為妙。」

舅舅立刻幫我們訂飯店，開著自用車送媽媽和我們姊妹去飯店。

夜已深，飯店大廳不見人影。這家飯店的餐廳是小麗的最愛，我們來玩時她經常帶我們來這裡。生日和聖誕節也有很多快樂的回憶。

舅舅和媽媽在辦理住房登記時，我和姊姊坐在窗邊的沙發，手牽著手，默默眺望夜景。飯店面對大馬路，所以這個時間也有汽車川流不息。成排高樓大廈的窗口燈光，以及交錯而過的車頭燈和尾燈，漸漸在淚眼中模糊。

夜空中比滿月略瘦幾分的月亮皎潔明亮。天空上方或許風很強，只見烏黑的微雲飄過。月亮從不斷飄過的烏雲之間探頭，彷彿要守護我們。

這時，玻璃窗外突然出現一個人。

是達也。穿著和白天同樣的服裝。右手藏在背後，左手握拳。臉色白得像鬼，面無表情。眼底發出暗光，瞳孔縮小如黑點。

他的臉頰有一條條痕跡。是眼淚滑落。我毛骨悚然，渾身戰慄。

達也的嘴巴扭曲，吶喊著什麼。即使隔了厚厚的玻璃，我也能聽見。說不定是我的錯覺，但我真的聽見了。

「妳果然和男人來飯店開房間。」

我和姊姊都凍結了。呼吸停止，血液也不再流動。

達也揮動右手，他握著一把前端呈鋸齒狀的大刀。

夜空有流雲飄過。月亮躲到雲後，皎潔的清輝消失。地表上的都市雖有無數其他光源，杵在窗邊的達也，身影卻失去月光變得漆黑。

那一瞬間，我醒悟。他不是人類。

不是這世間的生物。他是惡魔或惡鬼。所以，他會穿過玻璃攻擊我們——

達也發出怪叫衝過來。他從飯店的出入口進來了。他推開想阻止他的門童，揮舞刀子衝進大廳。他的眼睛看著姊姊。整張臉扭曲，露出滿嘴獠牙痛苦地扭動。

門童和行李員、櫃檯的服務人員紛紛衝過來。我和姊姊依然手拉手，逃往大廳中央。一下子被三、四個男人阻擋，達也遭到制伏在地。但他依然大聲咆哮。

「我要殺了妳！我要殺了妳！」

刀子從他手中彈飛，滾落到大廳的地毯上。媽媽和舅舅，奔向緊緊相擁的我們。舅舅一把將我倆抱入懷中。

「別看，別看！」

他用寬闊的背部擋住我們的視線。

「我愛紀香！虧我這麼愛妳！」

達也吠吼般地哭了起來。被舅舅抱著，聽著媽媽和姊姊嘶啞的尖叫，我再次隔著玻璃仰望夜空。流雲散去，月亮就在那裡，再次照耀我們。我知道，月亮在嘆息。

也有些東西是這月光無法淨化的。對不起。

雲遮月隱真面目，方才尚為人。　獨言

窗邊苦瓜綠簾幕，結出兩顆瓜

美冬躺在被窩裡，被丈夫的動作吵醒。哲司起床，去了客廳。想必很冷，他卻光著腳連拖鞋也沒穿。

靜謐的黎明前，連客廳壁鐘鐘擺晃動的聲音都聽得見。

「嗚嗚嗚，冷死了冷死了。」

哲司縮著脖子回來時，美冬出聲問，「怎樣？」

哲司有點誇張地吃了一驚。

「怎麼，妳也醒了？」

「現在幾點？」

「要四點半了。超冷。」

「對啊，我記得今天是大寒。」

美冬翻身，面對丈夫。哲司鑽進被窩。

「你也犯不著特地去看吧。」

「不是啦。我想上廁所，是順便啦。」

「別忘了你也不年輕了。一起床就開窗吹到外面的冷空氣，有可能休克昏倒喔。」

兩人都是七月中旬出生的巨蟹座，生日只差三天。今年，哲司四十一歲，美冬三十八歲。他們是透過職場的社團認識，交往後結婚至今已是第十三年。沒有小孩。在公司待的部門不同，所以沒什麼太大問題一直是這樣的雙薪家庭。

「我家的人都很長壽所以不用擔心啦。」

哲司滿不在乎地回嘴，打個大呵欠後，把臉埋到枕上。無論何時何地，他就像有開關似地隨時可以睡著或醒來。這是美冬學都學不來的特技，令人羨慕。

美冬凝視昏暗的天花板。既然醒了，乾脆開始準備早餐和便當吧。

作為新冠病毒預防感染對策的一環，美冬隸屬的財務管理課鼓勵大家在家上班，每週只需到公司一次。任職綜合營業單位面向顧客的哲司就無法這樣，還是和以前一樣照常上下班，也會加班。丈夫不得不減少外食，因此美冬也開始注意便當菜色的均衡搭配。

她本來就愛做菜，所以不覺得辛苦。到目前為止的婚姻生活中，會感到下廚辛苦的，只有感冒之類身體不適時。可是現在，每天早上起來去廚房時，她都會有雖然輕微卻很明確的不安。她懷疑，窗外，「那個」今早是否依舊青翠渾圓。

去年的三月初，美冬和哲司選中這間出租公寓時，客餐廳的陽台面向西南方，毋寧被視為優點。光線明亮又通風。其他條件也無可挑剔，所以心想「又不是正西方，應該沒關係吧」。然而，一旦住進來後，五月初的黃金週連假剛過，周遭沒有遮蔽物，夕陽照耀的威力就讓他們很錯愕。

「五月就這麼曬了。到了盛夏還得了。」

美冬說必須設法解決，哲司卻樂觀看待不當一回事。

「熱的時候還有遮光簾嘛。」

「大白天就窗簾緊閉？我絕對不要那樣。」

「因為妳喜歡時髦的屋子，對吧？」

請把這稱為對居家環境美觀的講究。

美冬很焦慮。現在就連神經大條的哲司，都變得很怕熱，到了夏天肯定會一直開著空調。電費還不知得花多少錢。

苦惱之際拔刀相助的，是住在隔壁的高田夫婦。他們五十歲出頭，夫妻倆都有工作，沒小孩。剛搬來時去打招呼就留下很好的印象。雖然年紀差了一輪，還是可以作為親切的好鄰居保持不遠不近的距離相處。

高田太太說：

「我家本來也煩惱西曬的問題，結果種了苦瓜後立刻解決。」

也就是所謂的苦瓜爬藤簾。

「有藤蔓遮蔭，室溫真的可以降低兩三度。又有苦瓜可吃，簡直是一舉兩得。就拿我老公來說吧，他夏天的時候每天早上都喝放了苦瓜的綠拿鐵呢。」

雖然恐怕無法仿效，但是能夠降低室溫真是太好了。唯一的問題，在美冬這邊。

「老實說，我是那種有特異功能可以把所有觀葉植物都養死的人。」

哲司的母親愛好園藝，甚至曾經說，

——妳啊，遭到詛咒。

婆婆個性溫婉慈藹，絕非惡意刁難之人。正因如此，婆婆精心設計的多種植物組合盆栽，或是分株後開花的蘭花、玫瑰、水仙盡數枯死，或許也不忍責備美冬，才會用「詛咒」這種委婉的說法吧。

結果高田太太聽了大笑。

「妳婆婆人真好。」

「正因如此才過意不去……」

「苦瓜就算放著不管也會自己長大喔。甚至可以說不要神經質地去管它會更好，所以一定沒問題。」

高田夫妻據說每年五月中旬都會種植苦瓜苗。

「現在正是最好的時機。」

就這樣，到了下個週六，美冬和哲司跟著高田夫妻一起去附近的家居用品大賣場，把需要的用具全都買回來了。除了工具還有泥土、肥料、紗網。陽台放置兩排長方形的栽種盆，種上苦瓜苗。起初用免洗筷當支柱豎立，用麻繩輕輕綁住莖以免折斷就行了。剩下的，就是每天記得澆水。

一旦開始栽培，比起提心吊膽的美冬，哲司更熱心。他一絲不苟地澆水，檢查有無害蟲，用手機記錄「苦瓜觀察日記」。

「我對這方面，其實並不排斥。」

也是啦，畢竟他繼承了婆婆的遺傳基因。也因此，美冬幾乎不用幫忙只要在一旁看著就行了。她的貢獻程度頂多只有替正在照料苦瓜的哲司撐傘遮陽。

過了一個月左右，陽台出現壯觀的苦瓜簾幕。密生的綠葉帶來的清涼感，比自己模糊期待的更驚喜。晴天時固然不用說，就連悶熱凝重的梅雨季陰天，（喜歡時髦住宅的）美冬也對綠色簾幕的陽台美化效果為之陶然。

黃色的雄花和雌花開花後，為了讓它確實結果，早晨必須進行授粉作業。這個也是哲司一手包辦，所以七月初就看到了第一批收穫。三顆苦瓜約莫有美冬手腕那麼粗。給高田太太看了之後，她說：

「哎喲，長得很好。」

他們立刻做沖繩炒苦瓜吃。哲司非常滿意，說自己種出來的菜味道特別好吃。

之後，也收成了好幾次苦瓜。這種蔬菜的生命力真的很強。

「太好了。」

「雖然不敢領教加了苦瓜的綠拿鐵，不過沖繩炒苦瓜還真不錯。另外，煮湯也意外好喝。」

哲司的「苦瓜觀察日記」，刊登在為了與雙方父母及最親近的友人互道近況，而開設的社交軟體帳號上。哲司的母親對壯觀的苦瓜簾幕和結出的累累果實大喜過望，雖然住處遠得必須搭乘新幹線，還是專程來參觀。順便也做了苦瓜沙拉和苦瓜天婦羅、苦瓜湯，還把那些食譜教給美冬。祕訣就在於要好好去除苦味喔。

不只是避暑對策，也有助於家族交流的苦瓜簾幕。至於苦瓜，到了八月底已經有點吃膩了，也沒採收就任其掛在藤蔓上，但那也是不錯的風景。

「我有點想挑戰看看種其他植物。在陽台做園藝的男人，據說叫做『陽台男子』。不錯吧？」

「嗯——我當啦啦隊就好。」

不知是幸或不幸，秋天來臨的同時，哲司的工作也變得很忙碌，只好放棄成為道地的陽台男子。

陽台的苦瓜，逐漸從美冬的腦中消失。本來自己就沒插手出過力，只是跟著嚐到甜頭，所以切身感到清涼的機會減少後，苦瓜的存在感自然也減少了。

可是十月中旬的早晨，支肘坐在廚房吧台前喝著熱咖啡時，她突然察覺不對勁。彷彿直到那一刻才清醒般意識到。

這樣子，是不是有點怪？

自家陽台的苦瓜，到現在依然長滿茂密的墨綠色葉片，完全沒有枯萎。而且到現在還在結果。最後結的果子還有一兩顆沒摘下。

哲司說，這也是地球暖化造成的。

「還是該叫做熱島效應？將來，據說首都圈內到處都會有香蕉和檸檬生長喔。」

當天，美冬正好有機會和高田太太聊兩句，於是她故意挑選「早晚開始有點涼意了呢，夏天那種炎熱簡直像一場夢」這種話題，趁機問起苦瓜的事。因為她想，說不定，那個家居用品大賣場賣的苦瓜苗是越冬品種，高田家的苦瓜或許也同樣依舊精神抖擻青翠渾圓結實累累。那時，她真的以為有那種可能。

高田太太是這麼說的，「那本來就是熱帶地方的植物，在我們這一帶這種夏天一過就立刻變冷的地區，脆弱得很呢。」

鄰居家的苦瓜已經枯萎了。

「我家現在有波斯菊和美人蕉開花，做了秋季七草的組合盆栽，到了冬天陽台的園藝就暫停了。改為照顧室內的蘭花。」

這樣啊，到時再讓我參觀喔——美冬殷勤陪笑說，回到自家門內。然後急忙去客廳的陽台一看，苦瓜的葉子在秋風中沙沙作響，表皮凹凹凸凸的果實有兩顆，一顆在美冬眼睛的高度，一顆在手肘的高度，掛在藤蔓上背對背。

就算再怎麼耐寒，到了十一月總該枯萎了吧。夫妻倆如此議論，相視而笑。

然而苦瓜沒有枯萎。深綠色的果實雖然停止生長，表皮的凹凹凸凸卻變得深刻明顯。這樣看著，它彷彿在說，

——可以吃了喔，太太。沖繩炒苦瓜不是很好吃嗎？

荒謬。美冬衝動地伸手，一把拽下苦瓜。抓住時的堅硬觸感，令她渾身起雞皮疙瘩。起初扔進廚房的腳踏式掀蓋垃圾桶，立刻又覺得忍無可忍，索性把整個垃圾袋拽出來，拿去公寓的垃圾集中場扔掉。

將此事告訴返家的哲司時，她還在激動。

「妳別想得那麼嚴重啦。」

一邊安撫美冬，哲司露出有點不自在的表情。

「老實說，我其實也早就有點在意。我們家的苦瓜，生命力未免也太旺盛了。」

苦瓜如果沒有及時採收，轉眼就會過熟變成黃色，據說也可能自動爆裂。

「變成黃色之後就不苦了，好像也很好吃喔。所以，我本來打算放著不管等它變黃了再摘下來就好……」

可是我們家陽台的苦瓜，始終都是綠色的。

美冬緩緩眨眼。

「你的意思是說，那棵苦瓜不只是不會枯萎，根本是時間靜止了？」

哲司看著美冬，美冬也凝視他的雙眼。

「不會吧！」兩人同時說，笑了一下。

「鐵定只是這個品種的苦瓜苗比較耐寒。」

不管再怎麼說，到了十二月總該枯萎了吧。哲司說。美冬也接腔說對啊，決定不要想得太嚴重。

苦瓜沒有枯萎。雖然沒有繼續長高，但葉子一片也沒掉，莖和藤蔓也很硬挺，根也繼續向旁邊擴張。而且，在美冬上次摘下扔掉的苦瓜旁邊的地方，又結了果實。這次也是兩顆。漸漸越長越大。

不只是氣溫的問題。都已經快兩個月沒澆水了。

「我們家出現某種奇蹟。」

不知是天使還是惡魔的傑作。總之不管怎樣，凡人都不該插手。

「我會密切監視。美冬妳就忘了吧。別擔心了。好嗎？」

所以哲司才會在大寒的黎明前鑽出被窩，特地去觀察情況。

此地位於首都圈一隅，附近有山，稍微遠離民營鐵路的車站，就已是塑膠大棚溫室和田地比住宅更顯眼的地方。和東京都內相比，夏天的炎熱程度就算一樣，冬天的寒冷也有天壤之別。十二月中旬起，公寓周圍的植物就經常掛著霜柱。雖然很少下雪，但是清晨氣溫打破零度亦非罕事。深夜下過的雨，也會在清晨的陽台結成薄冰。

在這種情況下苦瓜還是沒有枯萎，終於來到新的一年。即使根部結霜，陽台的角落垂掛小條冰柱，像作物一樣綠意盎然的葉子，以及彷彿用凹凸的表皮封住深綠色苦味的兩顆肥碩果實依然健在。

這次美冬也不敢再摘下扔掉了。如果那樣做，她覺得可能會打擾到哲司特地「監視」的什麼——非常要緊的什麼東西，甚至觸怒對方。雖然她完全猜不到，那到底有多麼要緊，是天使還是惡魔，是神還是佛。

今年的天氣忠於曆法，大寒的翌日起超強寒流就籠罩日本列島。美冬出去買菜時，和呼籲民眾提防水管凍結的政府宣傳車擦身而過。購物中心的鞋店，陳列著雪靴和防止在凍結路面滑倒的鞋底防滑貼。

超強寒流令各地下起大雪，引起塞車和交通中斷。在報導那種情況的全國新聞之間夾雜的地方新聞，也嚷嚷著本地可能降下罕見的大雪。哲司也在公司上司的推薦下，買了鏟雪用的鏟子回來。

「我在電梯間遇見高田先生，被他笑話了。」

高田夫妻是本地人。美冬白天和高田太太閒聊兩句時，對方也說不管氣象預報如何危言聳聽，這一帶都不可能降下什麼大雪。就算積雪頂多也只有兩、三公分。

結果，這次也是高田夫妻說對了。本地的積雪量，根據市府宣傳部門的正式發表，是二．四公分。

不過陽台的盆子還是凍住了。那是樹脂做的所以凍得很脆，出現龜裂。乾涸的園藝用泥土從那縫隙掉出來。

苦瓜巍然不動青翠依舊，兩顆果實都很肥碩。

「喂，你別亂來。」

美冬出言制止，哲司卻還是伸手去碰果實。一顆只是碰一下，另一顆卻捧起來包在手心裡。

「有點溫熱。」他說。

是活的。

「居然還活著。真厲害。真的是奇蹟。」

他吐出白濛濛的呼氣，被寒氣凍得發抖，一邊像小學生似地兩眼發亮這麼說。哲司對於這不枯萎的苦瓜，一點也不覺得恐怖。美冬後知後覺地佩服丈夫，也很傻眼，她覺得那樣的哲司和永不枯萎的苦瓜一樣可怕，慌忙把這個念頭按回心底。

美冬原本想說。能不能移植到別的地方去？最好是山裡。日照充足的地方。生命力這麼強的種苗，說不定可以野生化形成天然的苦瓜田。

可是哲司比她早千分之一秒開口：

「這個苦瓜，要不要吃掉試試？」

她早就猜到他會這麼說。她知道他八成會說。明明不想讓他說出來，偏偏在千分之一秒的競賽輸了讓他說出來了。

美冬垂下眼簾。

「……那當然不行。」

為何會變得小聲？這種時候應該大聲斥責哲司才對——你到底在想什麼！這麼詭異的東西還想放進嘴裡，簡直腦子有病！

「不行嗎？」
哲司單純地覺得遺憾。就像被媽媽指責「怎麼可能每天做咖喱飯和漢堡排給你吃」的小學生。
「我可不要煮。」
「那我去請教高田先生好了。問他加了苦瓜的綠拿鐵怎麼做。」
「別鬧了！」
美冬實在太大聲，哲司就像被那聲響甩了一耳光似地身子一縮。

這個地方乾燥寒冷的一月和二月，美冬和哲司之間，一直處於苦瓜冷戰狀態。
美冬繃緊神經懷疑哲司又想試吃苦瓜。哲司也好不到哪去，他懷疑美冬會背著他，偷偷拔下苦瓜摔進垃圾袋扔掉。
這樣互相不信任，還是結婚以來頭一次。他們本是自己和別人都認定的恩愛夫妻，還一直覺得把對方當成好友就是婚姻美滿的秘訣。
如今想來簡直像舊石器時代的陳年往事，其實婚後半年左右，美冬曾經懷孕。不過，可惜當時她並沒有那種真實感。因為她是直到異常出血去婦產科掛號，才知道自己流產了——就是這樣的經過。
美冬對自己的糊塗很羞愧，嚎啕大哭著道歉，哲司徹夜安慰她。早期流產多半原因不明，當事人完全沒有錯。我也好好研究過那方面資料了所以能夠理解。最重要的，是妳沒有罹患可怕的疾病就好。

後來，美冬再也沒有出現過懷孕的徵兆。檢查之下，發現雙方都有一點不易懷孕的因素。雖然醫生保證絕對沒有到那種無法自然懷孕的地步，但是那個保證對送子鳥似乎不管用。

三十歲的生日，美冬期望進行正式的不孕治療。那時，又是哲司幾乎徹夜不眠地說服她。

「我以前有個交情很好的大學學長，妳還記得嗎？和他老婆轟轟烈烈戀愛結了婚，可是也是遲遲生不出孩子，做了將近十年的不孕治療。」

他說，學長夫婦最近離婚了。

「據說就算雙方都有問題，不孕治療也是女方遭受相當大的負擔。我也記得，有一次去學長家，他太太臉色白得跟鬼一樣，肚子腫得硬邦邦連活動都很吃力，我還以為她懷孕了呢。可是，那其實是治療導致腹水累積。」

就算吃苦受罪都咬牙忍著繼續治療，也不見得一定會有成果。到頭來夫妻之間出現隔閡，終於走到離婚那一步，豈不是太可悲。

「俗話說孩子是寶，所以我們只能心懷希望，交給老天爺安排。就算一直沒有小孩，我也會好好珍惜妳。我會盡量努力，讓妳覺得嫁給我是對的。我不希望讓妳遭受學長太太那樣的痛苦折磨。」

最後在哲司的含淚說服下，美冬點頭同意了。她握緊哲司的手，一起掉眼淚。

幸好，雙方父母都沒有為這件事催促或責備過他們。美冬純粹只是因為能夠和哲司結婚過著幸福生活充滿感謝，所以才想替他生孩子。她還沒有百分之百放棄。她抱著有朝一日定能實現的希望，珍惜著夫婦生活。

可是，只因為荒謬地不肯枯萎的苦瓜，居然荒謬地發生齟齬。

「美冬，妳別嚇到喔。」

二月底的某個早晨。難得先起床坐在客廳的哲司，轉過臉對她說。

「啊？你這是怎麼了？」

不可能不嚇到。哲司的左臉，腫得像滿月。

「很像民間故事的摘瘤子爺爺吧？」

這可不是鬧著玩的。

「是蛀牙嗎？」

「不知道。這兩三天，我只是覺得下排的臼齒碰到水會刺痛。」

美冬把手放到哲司的額頭。

「你的眼角都紅了。是不是發燒了？你量一下體溫。」

數位溫度計嗶嗶叫，顯示三八．一度。

「難怪我覺得有點發冷。」

「別說傻話了，你得立刻去醫院。」

不巧的是，平時在家工作的美冬這天必須去公司上班。而且有重要的會議等著。

「對不起，我幫你預約掛號了，但你得一個人去。我順便幫你預約計程車吧？」

「沒事沒事。昨晚痛得幾乎都沒睡，我想稍微躺一下再去醫院。」

「真的？你一定要去喔。」

哲司就像膽小的小學生討厭看牙醫。牙醫超討厭！不管是蛀牙還是牙周病，如果早點去看牙醫，本來都不會腫成這樣。

「我午休時間會打電話回來確認喔。」

「知道了知道了。」

「說話算話喔！要去我們每次去的那家醫療中心喔。你知道地點吧？」

「遵命。」

「討厭！你別嬉皮笑臉。」

「我沒有嬉皮笑臉。幫我做個冰袋，好嗎？」

美冬匆匆忙忙去上班時，哲司躺在客廳沙發上，用大冰袋捂著臉頰，另一隻手朝她揮舞。

「謝謝妳的關心。最近我以為妳已經討厭我了，所以現在超開心。」

「如果你不去看牙醫，我真的會討厭你喔。」

聽著背後傳來哲司似乎很痛的笑聲，她關上大門。

那天很忙碌。也有到公司上班時必須處理的作業，所以片刻不得閒。而且準備開會也很費事，好不容易終於開會了又發生糾紛導致會議延長，連午休都沒時間好好休息。

下午三點過後，她趁著上廁所匆匆回到寄物室，取出手機打電話給哲司。卻只聽見電話那頭「目前無法接聽電話」的訊息。太好了，一定是去醫院了吧。

這種急著早點回家的日子，偏偏臨到下班時間課長就會過來交代事情。小心被詛咒！她一邊在心裡罵人一邊做完課長命令的資料，換衣服順便再次打電話。還是同樣的語音訊息。

「真是的，手機到底是用來幹麼的。」

回程她順道去了超市和藥局，採買柔軟的水果和果凍狀的營養食品，回到家已經晚間七點多。

哲司穿著整套運動服，和早上一樣坐在客廳沙發上看電視台的音樂節目。是預先錄影之後，一直沒機會看的節目。

「妳回來啦。」

哲司轉頭面對她。臉頰已經消腫。發熱泛著水光的眼睛也恢復正常。

「啊，太好了。」

「嗯。」

哲司起身，幫忙收拾美冬買回來的東西。動作很俐落，看來身體已經恢復健康。

「果然是蛀牙？今天應該不可能立刻拔掉吧？」

「嗯。」

「醫生開了什麼樣的藥？抱歉，我忘記把服藥手冊先找出來，你沒法帶去吧。你有過敏症狀，一定要小心抗生素……」

「嗯。」

這傢伙，幹麼只會說「嗯」。

「今天是哪個醫生？」

「嗯……呃。」

「是年輕的女醫生吧。真木醫生。」

「嗯，對對對。」

美冬瞬間屏息。

「對你個頭！真木醫生只有星期三代診。平時都是篠田醫生。人家可是資深的老爺爺醫生了。」

哲司把玩著美冬買回來的香蕉，低頭不語。

「把診療費的收據拿給我看。」

哲司依然沉默，沒有動。

「……你沒去看牙醫？」

把香蕉放到廚房檯子上，哲司用力深吸一口氣。他抬起眼，看著美冬的眼睛說：

「我摘下苦瓜，吃掉了。」

然後就康復了喲。

「我真的討厭牙醫討厭得要死。所以我想死馬當成活馬醫先試試看。」

隨著講話，哲司的臉頰漸漸泛起紅潮。兩眼閃亮。

「我摘的是長在下面的那顆。像紙雕藝品一樣輕，我心想說不定是在藤蔓上乾枯了。可是切開一看，裡面有很多熟透的紅色種子。」

通常，苦瓜裡面的種子變紅，是在表皮變黃成熟之後。家裡的苦瓜卻始終是綠皮，藏著鮮紅的種子。

「我嚐了那個種子。一顆一顆放進嘴裡咀嚼之際，就開始發揮作用了……」

哲司用敷衍的口吻說話，一邊靠近剛才坐的沙發，從抱枕底下抽出什麼。是透明的密封夾鏈袋。

「啊？」

哲司拿著那個，呆站在原地。他回頭看美冬。目光游移不定。

「我明明把剩的皮裝在這裡面。」

美冬湊到哲司身旁，從他手裡拿起密封袋。袋子扁扁的，裡面什麼也沒有。隱約有點模糊，大概是水分蒸發的痕跡。

「……消失了。」

苦瓜的生命力被用於治療哲司腫脹的牙齦，消失了。

「果然是奇蹟的苦瓜。」

哲司的表情和聲音，都像是校外教學旅行第一次近距離面對古老佛像的國中男生。

美冬用雙臂環抱身體。她感到寒意。心跳卻加快。

「陽台的苦瓜怎樣了？」

被她一問，哲司反彈似地衝向陽台。拉開沉重的拉門時，就像卡通人物一樣手忙腳亂。

「沒有枯萎。還好好的！」

被他的聲音吸引，美冬也去陽台一探究竟。嚴冬的寒風掠過公寓周遭呼嘯不已。

夜晚的寒氣中，苦瓜的葉子和藤蔓，依然像盛夏時那樣青翠。只有一顆果實，垂掛在美冬眼睛的高度。

哲司像要保護整個苦瓜簾般四處巡視，用溫柔的動作翻找，忽然彷彿被什麼刺中，停止動作。

「美冬，妳看這裡。」

探頭一看，茂密的綠葉之間，可以看見光滑渾圓的藤蔓。只有一處，大小約莫針頭那麼大，變成褐色的圓點。

「這是我剛才摘下苦瓜的地方。」

哲司說著，用力吞了一口口水。

「這裡枯了。說不定，這條藤蔓會漸漸枯死。」

「你是說……不會再長出新的果實？」

美冬這個問題，哲司沒有回答。他凝視褐色圓點。

「總之先回屋裡吧。小心感冒。」

美冬迅速準備晚餐。哲司已經可以正常咀嚼，而且他說既不痛也不腫。不過，晚餐到底吃了什麼吃進哪裡都毫無意識。至少美冬是這樣。

「那顆苦瓜，要好好珍惜。」

喝著餐後咖啡，哲司望向窗外說。不是對美冬說，倒像是在向陽台的苦瓜保證。

「總共只有兩顆，卻因為我的牙疼用掉，真是太浪費了。最後一顆，真的要留給真正正確的用途。」

說完，他終於轉頭面對美冬。

「最後一顆，是留給美冬的奇蹟苦瓜。」

美冬看著丈夫的眼睛，一再搖頭。

「沒有確定你的腦子是否變成苦瓜之前，我什麼都不好說。」

別傻了，哲司露出白牙笑了。而美冬，可以的話也想笑。

深夜裡，美冬在淺眠中做了夢。客廳沙發上，躺著和哲司身材一樣大的苦瓜。它看著美冬——明明沒有眼睛，全身都是凹凹凸凸的綠色，可是不知怎地美冬卻和它對上眼，那凹凸不平的綠色身體破了個口子露出整排白牙說，

——健康第一喔！

美冬發出尖叫醒來。實際上只是呼吸急促，滿身大汗而已，根本沒有大聲尖叫。哲司在旁邊的床上發出輕微的鼾聲沉睡。窗外有深夜的北風呼嘯。

哲司不安的預測落空，被摘掉果實的苦瓜藤並未枯萎。只不過，茶色斑點也始終沒有消失。一天、兩天、三天，美冬認真觀察哲司的情況。丈夫萬一變成植物怪物怎麼辦？而且搞不好還會長生不老。

哲司依然是哲司。言行舉止毫無變化，呼吸也沒有散發植物的氣息。美冬不想被他碰。哲司也沒有硬要接近她。美冬不願在他之後泡澡，淋浴之後，哲司現在都會讓她先泡澡。這種體貼，也是美冬熟知的哲司的優點。

一星期後，又到了美冬去公司上班的日子。早餐時，哲司說：

「我今晚要去參加三月底離職的同事的送別會。」

「該不會是去居酒屋聚集？」

「包括我在內也才四人。是在做好疫情感染對策的店裡，不會待太久，也不會續攤。不過七點多才開始，回來可能要十點了。」

「知道了。」

美冬這邊倒是一切正常，這週也沒有麻煩的會議。只要沒被老是不讓人準時下班的課長逮到，傍晚六點應該就能回家。晚餐就她一個人，所以買個便當打發吧。

到了公司一看，課長請假。

「聽說他太太身體不舒服，所以在家待命觀察情況。」

女同事略帶苦笑說。

「意思是說也許感染了新冠病毒？」

「不是不是。小美，妳別傻了。」

這個同事已經認識超過十年。打從學生時代就很少被人喊綽號的美冬，只有這個女同事喊她「小美」。

「這不是課長偷懶摸魚的固定藉口之一嗎？藉口之二，是他母親身體不適。藉口之三，是父親身體不適。」

「是喔。他可真是關心家人。」

說著那種閒話繼續工作，午餐是和這個同事去公司附近的咖啡店吃義大利麵。算來已有三個月沒在外面吃過午餐了。因為課長太囉唆，大家都在忍耐。

隔著預防傳染的壓克力板，他們抱怨缺席的上司，評鑑洗衣精的新產品，討論想看的電影。等感染人數稍為減少了，要不要一起去看？

正聊得開心時，旁邊忽然冒出聲音。是和哲司在同一個營業部，與哲司同期進公司的女職員，也是美冬在這世上最討厭的女人。

說到原因，是她每次只要見到美冬，動不動就要主動強調她「有小孩」。說穿了就是很愛炫耀她有兩個孩子，現在分別念小學和幼稚園這件事。

對方為何會拿美冬當靶子，內心想法成謎。身為一兒之母的同事的看法是——

因為那女的被小美妳老公拒絕過。

也就是在吃醋。美冬只能哭笑不得。又不是高中女生，彼此都已經快四十歲了，事到如今吃這種陳年醋也沒意思吧。更何況妳自己不也早就結婚了。

營業部的女人，似乎是來買外帶的午餐便當。明明趕快付錢走人就沒事了，她偏要特地從收銀台繞過來，對美冬兩人打招呼。

「哎喲，看起來吃得不錯嘛。」

對方瞄了一眼義大利麵的盤子，如此說道。淺粉色不織布口罩的皺褶，跟著上上下下。

「真是好命喔，老公連午休時間都忙著跑客戶，老婆卻可以優雅享受午餐。」

說這種話的妳不也同樣要吃午餐嗎？很想這樣回嗆的美冬，只能讓這句話在耳朵深處氣得不停跳腳。

營業部的女人的口罩更活潑地上上下下，她扯高嗓門繼續說：

「阿哲如果感染了，對我們部門可是一大打擊。妳身為他老婆也要注意點。基本上，都這種時候了，身為一家的主婦就該減少外食才對，果然沒有孩子的人就是這麼傷腦筋，不管活到幾歲都還是最在乎自己。」

隔著壓克力板，可以看見同事的臉上浮現怒氣。美冬倏然伸手，碰觸同事的指尖，暗示「別理她」。

營業部的女人說完想說的，就此離開咖啡店。店門的鈴鐺叮咚一響，然後恢復寂靜。

店內的沉默，令美冬的心臟幾乎凍結。這間店本就不大。如今為了預防傳染疫情，又把座位減半。在場所有的人，大概都聽見剛才那番嘲諷了。

「——小美。」

同事的聲音顫抖。

其實以往，這種程度的嘲諷也有過好幾次。當然也聽過更刺耳的話，也有人自以為好心地給過她建議。

可是，今天實在是忍無可忍。她不甘又憤怒，如果支撐這世界的柱子就在眼前，足以推倒那根柱子的憤怒，正排山倒海源源不斷湧來如火山岩漿。她壓抑那種噴發，極力壓抑，總算勉強完成下午的工作。

下班時間一到，美冬立刻如脫兔般離開辦公室。為了逃離不知會做出什麼事的自己，她一路跑到最近的車站，在電車上強忍跺腳的衝動，下了車又繼續奔跑，穿過公寓門廳，也沒搭乘電梯，一路爬樓梯衝上三樓，打開玄關氣喘吁吁衝進客廳。

然後她雙手蒙臉，當場癱坐在地，放聲大哭。

她哭了又哭哭到累了，眨著紅腫的眼睛抬頭一看，客廳一片漆黑。她甚至沒想到要開燈。

她抓著沙發扶手，總算站起來。明明已精疲力盡，卻不由瞠目。因為公寓外牆裝設的照明燈，照得陽台的苦瓜簾宛如成排翡翠碎片瑩然生光。

——室內昏暗時，原來會那樣襯托出綠色啊。

永不枯萎的苦瓜。被詛咒的苦瓜。奇蹟的苦瓜。

好美。

——最後一顆，是留給美冬的。

美冬屏息。

心跳驟然加快。她在胸前緊握雙手。

這個，如果是留給我的奇蹟。

——會為我實現心願嗎？

當晚，哲司回到家是十點二十八分。抱歉，大家都多喝了一杯！

美冬坐在客廳的窗口。抱著膝，弓著身子。

哲司奔向妻子，發現她的臉上殘留淚痕。

「——吃掉了。」美冬說。

哲司緩緩點頭。瞥向窗外。只是一瞥，他就知道苦瓜簾已經徹底枯死了。

不只是枯萎。藤蔓從根部褪成灰色，開始分解。無法再保持植物的外型。

不，已經失去保持外型的必要了吧。

「我摘下果實，吃完紅色種子，它就在轉眼之間開始枯萎了。」

奇蹟的生命力，轉移到美冬身上。

塵歸塵，土歸土。

美冬張開雙手手心給丈夫看。

「皮也消失了。」

只留下些許青澀的植物氣息。

「妳是不是哪裡不舒服？」

哲司問。眉眼之間失去血色。

「今天你們單位的課長請假沒來吧，該不會是得了新冠病毒？美冬妳也是？」

美冬搖頭。

「不是那樣。」

是因為有迫切的心願。

「我想要個寶寶。」

說著，美冬再次流淚。這次是如漣漪靜靜哭泣。哲司默然擁抱美冬，像哄小孩那樣，很溫柔很溫柔地搖晃她。

客廳裡，壁鐘鐘擺晃動的聲音，微微響起。要是沒有那個，甚至會覺得安靜得彷彿時間靜止，陽台的苦瓜簾最後一片葉子就在這靜謐中化為塵土，被冷颼颼的夜風吹走。

窗邊苦瓜綠簾幕，結出兩顆瓜。　今望

下山之旅每一站，皆有山花開

任職的醫院中庭開始有梅花綻放時，須田春惠收到母親和子的來信。母親把她的名字誤寫成「春江」。

信中內容說，去年十二月過世的外公觀山草次郎留下遺書，為了辦理繼承遺產的手續親族必須齊聚一堂，春惠也是外孫女之一所以必須到場。而且，母親還說得非常悠哉。

「大家決定住在家族旅行時經常利用的狩原溫泉的稀泉館，一邊追思你們的外公，一邊確認遺書內容。」

母親寫得一手好字，所以愛寫信。寫出的文字總是驕傲地向右上角飛起，一眼就能認出是母親的字跡。

——遺書啊。

春惠微微嘟嘴。

外公在老牌光學儀器製造公司做到退休，之後又在子公司掛名當了幾年董事，領到退休金後頤養天年。住的公寓也已繳清貸款。母親和舅舅阿姨當初都沒有申請獎學金，而且就讀私立大學，可見壯年時的外公收入應該相當高。不過，到底有多少存款，保險又是怎麼安排的，春惠完全不知道，也沒有機會了解。

外公雖然過世了，但外婆還健在。他們有三個孩子。長女是春惠的母親和子，接著是小三歲的舅舅，然後是又差了兩歲的小阿姨。繼承外公遺產的照理說首先是這四人，外孫應該沒有資格，或許正因如此才要留下遺書。

——總之不管怎樣，都跟我無關。

春惠和外公的關係淡薄。也不記得被疼愛過。不過，這當然不是只限於外公。

夾在酷似母親活潑美麗的長女，以及擁有嬌豔美貌已經超過相似的領域，根本就是母親翻版的三女兒之間，春惠作為不起眼的二女兒就這樣長大。舅舅夫妻有兩個兒子，阿姨夫妻有一個女兒（同樣也是美女）。所以觀山草次郎有六個孫兒，其中人類有五名，還有一名幽魂名喚春惠。這點對外婆也一樣，幾乎關於一切事項都絕對不會違逆外婆和母親的舅舅阿姨也差不多是這樣。

二十六年前的七月春惠誕生時，據說爺爺奶奶那邊非常高興，

——這個長相一看就是我們家的血統。

但是母親和公婆處得不好，父親在公司是外公的部下，所以事事自然變成以觀山家優先，和須田家那邊的爺爺奶奶逐漸疏於聯絡，最後終於完全斷絕關係。而生來長相就帶著關係淡薄的父方血統的春惠，存在感也變得宛如幽魂——這就是他們的家族歷史。

當然，春惠也是嚐盡苦楚，才能走到今天這樣客觀看待的地步。如今回想起來，她覺得那些苦都白吃了。

孩子無法挑選父母，況且父母也有個人喜惡。像春惠的母親那種大小姐脾氣、情緒變化無常的女人向來只靠個人喜惡活著，所以被她嫌棄的孩子就倒霉了。不過，這種倒霉是否會嚴重到「不幸」的地步，端視個人而定。春惠從小就已察覺這點，找到了自救之道。

雖然被姊姊擔心，被妹妹瞧不起，她還是決定放棄繼續升學，進入餐飲專門學校，是為了早點自食其力。她本就愛做菜，況且若想盡快找到工作，調理師簡直再適合不過。她從一開始就打算鎖定醫院和學校、安養院這類地方尋找穩定的工作。

一畢業就任職的是特別養護老人院，不幸遇上惡意刁難的大魔王前輩吃了不少苦。但她之所以沒有辭職還能夠繼續奮鬥，是因為想死守好不容易如願以償自費租借的一房一廳小公寓。反正這些年她已經飽受有血緣關係的家人刁難折磨，現在碰上外人的刁難，就算覺得麻煩也毫不畏懼。

工作三年後，她跳槽到現在的職場。就像是老天爺要彌補她之前的辛苦，在這裡遇上的上司和同事都是好人。建議她如果打算一直在醫院和安養院工作，不如考個營養師資格的，也是現在的上司。上司還告訴她，無論是專門學校或大學，都有開設夜間部收社會人士的地方。

這個提議雖然令她頗為心動，可是考慮到學費，還是很困難。能夠領到固定薪資固然感激，但是老實講薪資很微薄。她努力節約存錢是為了有什麼事情時應急用的，還沒有餘力投資未來。

——如果，能夠拿到外公的遺產。

別傻了，那絕不可能。

重點是，去狩原溫泉的交通費，以及稀泉館的住宿費應該不用自己出吧？春惠垂眼看著信函的下文。

那個週末，彷彿反映春惠的內心，天空一早就烏雲密布，不時還零星下起小雨。從特快車停靠的車站搭公車一路前往狩原溫泉的途中，雨滴變成小顆的雪粒。

拜託千萬不要下太大造成積雪——她祈求。因為辦完正事後，她想盡快回家。萬一道路交通中斷或者電車公車停駛就麻煩了。

收到信後，她打電話給母親，得知外婆和爸媽還有舅舅阿姨都已經知道遺書的內容。外公辦完七七法事和納骨法事後，在身為遺言執行人的律師會同下，據說早已將遺書拆封。

「所以大家都知道，只有妳沒來，不知道。」

那是因為沒人通知她，她當然不可能到場。母親的聲音聽來得意洋洋，所以春惠沒有抗議。

這次狩原溫泉的聚會，是為了讓孫兒也知道遺書內容，在律師擬定的「遺產分割協議書」上由全體相關者簽名蓋章。

「妳拿到了姥爺的手表喔。」

母親心情很好，鶯啼婉轉似地說：

「雖然沒給錢，但那可是帶著心意的遺物。那個同樣也需要簽名蓋章，所以妳不來會很麻煩。我幫妳出交通費和住宿費，妳就當作可以免費來溫泉過夜來一趟吧。對妳來說這點應該最高興吧。」

信上雖然寫的是「外公」，但對母親而言「姥爺」才是平時的喊法。外婆和妹妹、表妹、舅媽也都是用這個稱呼，外公似乎也更喜歡被這樣稱呼。

稀泉館是以前常來此地出差的外公發現的旅館。小巧的傳統日式風格造型，氣氛不錯。記得家人親戚經常來這家旅館住宿。暑假會待上一星期，也曾在這裡過年，但春惠不是家族一分子而是幽魂，所以沒有任何特別回憶。

不過，這裡的溫泉觸感滑膩她還滿喜歡的。料理也大量使用當地食材很好吃。今天春惠的期待也只有溫泉和餐點，這點倒是被母親說中了。

旅館的老闆娘一襲和服來到玄關門口迎接。典雅的銀灰色絲綢布料，大概是所謂的「泥大島（註）」吧。

「是春惠小姐吧。路不好走，勞駕您遠道光臨。」

老闆娘膚色白皙身材豐腴，眼角有皺紋，笑的時候臉頰就像大阿福人偶一樣圓潤。稀泉館的老闆娘打從春惠小學時就是這樣，一直沒變過。始終猜不出她到底幾歲。

「要麻煩你們照顧了，我都想不起來有多少年沒來過了。」

「您找到工作時，全家還來旅行慶祝過。」

對，那次旅行的確是為了慶祝。但不是為春惠，是慶祝妹妹美園考上大學。當時連舅舅阿姨全

註：奄美大島特有的染色方式染的大島紬，是高級和服的代名詞。

家也全體到齊，但是大家的話題只有美園。不過，老闆娘怎麼會記得呢？

「那樣的話，應該有五年了吧。」

「是。能夠再見到您真是太好了。府上的各位都已經到齊了。」

老闆娘先帶春惠去她的房間。是靠近露天浴池的一樓西式房間，房間格局簡單。簡單布置了應有的傢具，說到裝飾品，只有床邊牆上掛的小幅繪畫。密密麻麻畫滿春天百花怒放的山色。

「毛巾先給您拿出來喔。」

放下行李，老闆娘離開了。春惠脫下打濕的大衣，拿乾毛巾擦頭髮，換雙襪子，前往據說大家聚集的食堂。途中和西裝筆挺的年輕男子擦身而過，對方駐足朝她行以一禮。

「歡迎光臨。我是經理葛岡。今天旅館已被觀山家闔府包下。請好好休息。」

狩原溫泉不是冬天的觀光勝地，稀泉館也是小旅館。不過包下整間旅館還是挺闊氣的。

「請多照顧。」

春惠也回禮，順便瞄了一眼對方的長相迅速鑑定。眼睛和老闆娘有點像。是她的兒子嗎？

走在擦得乾淨發亮的漫長走廊，逐漸聽見談笑聲。是母親和舅舅、表弟他們吧。

春惠拉開通往食堂的玻璃隔間門。聲音頓時迎面而來。

「哎喲，小春妳怎麼會在這裡？」

美園攻擊別人的時機總是異常絕妙。擅長說笑話打機鋒，和擅長欺負人這點也和母親如出一徹。換句話說，這大概是天賦。

「別說無聊話了。小春，一路辛苦了。」

大姊美咲替她責備美園。美咲還是一樣英姿颯爽，很漂亮。

「妳也辛苦了。大姊，妳一個人來的？」

「嗯。因為是娘家的事，我老公說他不插嘴。」

大姊夫婦的三歲長子正樹，和爸爸留在剛蓋好的新家，據說要去公園玩，去家庭餐廳打牙祭，晚上還要打電動遊戲。

美咲在個性扭曲的家族中（也包括春惠自己）算是例外具有正常感性的人，嫁的丈夫也是有常識的人。所以，或許是覺得冷落二女兒春惠，動輒把她當成欺負和揶揄對象的妻子娘家有點詭異，姊夫很少和他們打交道，孩子也不想親近他們。春惠看到可愛的小外甥沒來也鬆了一口氣。

老闆娘送來咖啡，食堂瀰漫香氣。圍坐在大桌前的全體親族，包括父母，舅舅夫婦和兩個上大學的表弟。還有阿姨夫婦，以及他們的獨生女——準備重考藥科大學的表妹。舅舅家的兩個表弟都有重考和留級的經驗，但是並沒有什麼考證照之類的具體目標。反倒是表妹比較認真。

大姊美咲趁著懷孕辭去工作，現在是家庭主婦。妹妹美園大學畢業，才剛利用父親的人脈關係找到工作。雖是小貿易公司但據說也會到國外出差，妹妹時不時就要拿出來吹噓。

這是外公喪禮後，第一次和這些人碰面。新年正月，春惠也是在自己的住處獨自度過，外公的七七法事更是被排除在外。

——今日之後，應該不用再見面了吧。

一坐下來，這個念頭就宛如用粗體麥克筆寫出來般清晰浮現，明瞭得連自己都有點驚訝。如果按照正常順序下一次應該是外婆的喪禮，將來還會送走父母，但是——

已經夠了。

來這裡的路上，明明還沒有想到這麼多。

是剛才那句「妳怎麼會在這裡」的功效嗎？那是壓死駱駝的最後一根稻草？如果真是那樣，那她或許該感謝美園。

外公過世後，變得有點憂鬱的外婆，今天看起來倒是很有精神。穿著喀什米爾毛衣，佩戴和母親一樣的古董珠寶，也化了妝。至於母親，一身打扮不像來泡溫泉倒像是要參加大飯店的晚宴，精心打理的美甲閃閃發亮。

父親是影子。被上司的女兒迷昏頭，鞠躬哈腰百般追求終於獲准結婚，選擇了公私兩方面都對岳父抬不起頭，必須看母親臉色的人生，結果存在感變得很稀薄。

「這麼重要的聚會，為什麼又遲到？」

就連那樣存在感稀薄的父親，面對幽魂似的春惠也照樣會強勢地斥責。

「讓大家久等，妳應該先道歉。」

春惠老實鞠躬道歉說聲我遲到了對不起。她忽然想起，以前，舅舅的妻子對於春惠在親族之間的待遇，按照現在流行的講法曾經被嚇得「倒彈」。之後歲月流逝，舅媽似乎也已經完全習慣了，此刻毫無特別反應地喝咖啡。

「今天律師不在啊。」

因為不知道誰會回答，春惠看著桌上擺放的幾份文件，如此說道。

「因為文件都已經擬妥了。」母親回答。

「午茶時間如果結束了，就立刻簽名吧。」

過了一會，老闆娘送來文具用品和印泥、試筆用的紙張。順便收走咖啡杯。果然是漂亮的大島絲綢啊，春惠迷戀地看著暗想。

「好了好了，安靜一下。」

母親以恭敬的手勢拿起一份遺產分割協議書翻開。

「那個，姥爺留下的財產，首先是二老住的公寓。那個由姥姥繼承。另外，還有壽險的死亡保險金。」

「姊，保險金不是繼承財產喔。」舅舅插嘴，「律師不是說過了嗎?」

舅舅和兩個兒子，就像俄羅斯套娃。最大號的是長子，其次是二兒子，藏在最裡面的是舅舅。只是尺碼不同，從眉毛的動作到鼻翼抽動都完全複製看起來很有趣。

「有什麼關係，既然有這機會，我想詳細說清楚。」

母親不擅長說明，話題總是東拉西扯，聽得春惠不禁打瞌睡。外公名下的存款和投資信託林林總總加起來的總額，外婆能夠拿到的家屬年金，放在出租保險箱裡面的純金金幣收藏品以及現金。要打開出租保險箱的手續有多麼繁瑣——

「今天，首先要把遺物分給你們這幾個孫子孫女。」

母親說著從椅子起身，把放在食堂角落桌上的手提袋拿過來。春惠被拖動椅子的噪音驚醒，眨眨眼。

母親從握把很寬的手提袋逐一取出小小的白色紙盒，讓外婆確認盒蓋上貼的紙條後，一一放到桌上。包括表弟和表妹的面前。

「這個是美咲，還有美園的。另外，這個是春惠的。」

只有春惠的盒子特別大。不過盒角壓扁了。

「我喊一、二、三就一起打開！」

外婆和母親都興奮起鬨，父親和舅舅以及表弟堆出陪笑，舅媽和表妹交頭接耳竊竊私語。食堂出入口的玻璃門稍微拉開，老闆娘探頭，隨即消失。或許是外婆和母親起哄的聲音太刺耳。

正如春惠在電話中聽說的，她拿到的盒子裡裝著男用手表。裝表的盒子並不舊，手表本身卻已使用多年，皮革表帶都磨損了。裡面也有保證書，證明那是國產品牌的電子表，定價兩萬八千圓整。

「姥爺很愛這支手表喔。散步、去圍棋會所、往返醫院時，每次都是戴這支。」

母親口沫橫飛地說。就像想推銷假名牌貨的路邊攤歐巴桑。這麼一想就覺得很可笑，春惠為了掩飾笑意連忙低下頭。

「哇，好美。」

美咲驚呼，表妹也跟著效法。除了春惠之外的五個孫兒拿到的遺物，全是外公的袖扣。昂貴的高檔貨，不用湊近看也知道。底座大概是黃金或白金。是上面鑲嵌鑽石、翡翠、紅珊瑚、玳瑁、珍珠的五種袖扣。

「那個大紅色珊瑚是被稱為『土佐』的國產血紅珊瑚，現在已經很難入手了。」母親驕傲地說。

「姥爺以前可時髦了。」

「其實沒有當作袖扣用過喔。」外婆說：

「起初，是你們姥爺生日時我送給他的禮物。就是那對翡翠的。因為是他的誕生石。我是去熟識的珠寶店，請人家特地設計樣子訂做的。」

外公非常高興，從此開始和外婆特地光顧那家珠寶店，每逢生日或結婚紀念日時就會訂做一副袖扣當成收藏品。

「因為很昂貴，所以無法年年訂做。湊齊那五對，花了整整二十年。」

「這個大概多少錢？」

阿姨指著表妹拿到的珍珠袖扣問。

「那個啊，是天然珍珠喔。不是養殖的。訂做的時候花了五十萬，不過現在或許更貴。」

「啊？那這個呢？」

美咲拎起玳瑁袖扣。

「玳瑁這種東西，因為涉及華盛頓公約，已經不能進口了吧？」

「這個嘛，我也不知道，但那是真貨喔。」

雖是遺物卻很值錢，所以律師建議，最好還是請大家領取時簽名蓋章，留下文件紀錄。

「姥爺以前也說過，這些將來都要留給孫兒。你們可要好好珍惜。」

外婆不勝感慨地含淚，母親也是。春惠把手裡的表翻過來，解開皮革表帶的扣子想戴在左手腕。

這時，美園尖聲喊道：

「等一下，小春。」

春惠停下手。大家看著美園。妹妹像要檢舉犯罪般指著春惠的手。

「那隻手表，直到姥爺昏倒入院那天為止，都還在使用吧？」

外公在家中浴室昏倒被送上救護車。是心肌梗塞。撐了三天，始終沒有清醒就此死亡。

「對，沒錯。」外婆點頭。

「既然如此，那對姥姥不是非常重要的紀念嗎？怎麼可以讓小春隨便霸佔。」

不是，這種說法太過分了吧。又不是春惠主動索討的。「霸佔」這種字眼也太傷人了。

「那妳說怎麼辦？」

把手表放到紙盒上，春惠看著外婆的臉。其實無所謂，她根本不希罕什麼遺物。外婆眼泛淚光唯唯諾諾，卻不肯看春惠的眼睛。

「如果小春堅持不肯歸還——」

美園用咄咄逼人的語氣緊咬不放，因此春惠也只好開口了。

「我又沒有說不還。」

美園假裝什麼都沒聽見。當然，是故意的。

「那我向妳買好了。多少錢？我給妳。給妳錢總行了吧，小春。」

就算是長年來一直遭受攻擊，照理說已經很了解敵人招數的春惠，這時也不禁呆住了。實在太過分了。簡直惡毒。

「定價是兩萬八喔。」母親說。感覺像是就等這一刻。母親依偎到外婆身旁，撫摸外婆的後背，一邊說道：

「不過畢竟是中古貨。我想一萬塊就足夠了。」

美園聽了拉開椅子，「我去拿錢包。」站起來就走。春惠對著她的背影說：

「不用給錢了。手表還給外婆。」

她無視美園，對外婆微笑。

「外公的好意我心領了。媽，我該在那份文件的哪裡簽名？」

嘩啦。與春惠並肩泡在溫泉中，美咲攪動池水。

「如果，我在婆家被那樣對待——」

稀泉館的露天浴池是檜木做的，約有四張半榻榻米那麼大。水蒸氣冉冉昇向圍籬那頭消失。許是春惠的祈禱被老天爺聽見了，雪和雨都已停止。寒冷的夜空，此刻只有厚重雲層。

「……那樣分明是虐待媳婦吧？」

春惠閉上眼浸在熱水中，沒有回答。大姊邀她來泡溫泉雖然開心，但她不想談這種話題。

「這年頭，就連虐待媳婦，弄得不好都會引發贍養費問題，他們對妳那是什麼態度？」

姊姊不只憤怒，看起來也有點害怕。

「我啊，婚後在婆家認識了別人的家庭後，才明白我們家真的不正常。也明白了過去沒發現異常的自己也不正常。媽媽的心態扭曲，爸爸毫不關心他人，美園過度邪惡。」

「那樣說太過火了。」

春惠睜開眼，對她一笑。

「不過謝謝妳替我生氣。」

美咲扭頭，正面直視春惠的臉。美咲剪成所謂貴婦頭的短髮，被蒸氣打濕緊貼在頭上。

「這些年，我沒有為妳做過任何事真的很抱歉。我是長女，本來應該要主持公道才對。」

「這種事誰也沒辦法。所以妳不用放在心上。」

春惠自認話說得像這溫泉池水一樣柔婉，但姊姊的眼神強硬。

「我也不希罕什麼遺物。我要把袖扣還給外婆。」

姊姊也不再喊「姥姥」。是什麼時候開始的呢？春惠沒注意。她只是率直地感到高興。因為那彷彿是姊姊支持春惠的證據。

「就算那樣做，也只會引起爭執。妳就別說了。」

「可是……」

姊姊忿忿不平地攪動池水。

「小春妳都不會不甘心？」

「感覺已經超過不甘心或傷心那種情緒。以前覺得無法理解，但就連那個，在我出社會工作後，也明白了。」

春惠說著，微微抬起腰，在露天浴池中的臺階坐下。伸長雙腿，熱水就湧來纏繞腳尖。

「人與人之間，有時就是會合不來。」

那種情形，在親人之間也會發生。

「在我們家，我和媽合不來，所以和熱愛媽媽的爸爸也合不來，和等於媽媽翻版的美園也合不來。就這麼簡單。」

「我們這個媽媽的精神狀態，簡直是搞校園霸凌的國中生。如果不欺負人就無法維持自我尊嚴，於是就欺負小春。」

美咲的語氣之激動，令春惠有點擔心。像毒蛇那樣四處咬人亂噴毒液，太不像姊姊的作風了。事後一定會後悔。

「我的長相好像很像媽媽的婆婆，所以也可能是因此才被討厭吧。」

不是爸爸的媽媽，是媽媽的婆婆。那種說法才正確。爸爸迷戀媽媽，最後已經只能站在媽媽的角度看世界了。妻子的公婆本來是自己的親生父母，這種事他八成老早已經忘光。

「那種理由根本不成立。只因為是自己的女兒，性格乖巧，可以安心欺負，於是就拿妳出氣。

她貶低妳抬高我和美園，藉此來找樂子。」
「姊，妳是不是泡太久昏了頭？我看我們該起來了吧。」
美咲在溫泉的蒸氣中撇嘴。
「到底為什麼？」
她的聲音帶著顫音。
「對我來說明明是慈愛的父母，活潑開朗的妹妹。為什麼卻非要欺負妳不可。」
「那，或許原因出在我身上吧。全家只有我一人長得醜，腦子不好個性也不好。」
「別那樣說。」
美咲的眼睛潮濕，或許不是流汗也不是水蒸氣，而是眼淚。
春惠用雙手捧起溫泉水洗臉。
「哇，會變得很光滑耶。」
她不想讓溫柔的姊姊痛苦。晚餐時，也只有美咲一人關心春惠。老闆娘，負責上菜的女服務生，替他們挑選本地美酒的經理，乃至特地出來打招呼的廚師長，恐怕都已察覺只有春惠一人被排擠在和樂融融的家族聚會之外。現場氣氛就是那麼格格不入。她不想再讓姊姊嚐到那種滋味。
「沒關係，我會主動和他們保持安全距離。姊妳不用擔心，好好照顧姊夫和小正。」
幸好這裡是露天浴池。水蒸氣可以遮掩謊言。
出了露天浴池和姊姊分開，返回房間的途中經過櫃檯前。時間已過晚間十點，正面玄關的鐵門已經拉下，但櫃檯還亮著燈，老闆娘正在寫東西。

「溫泉泡得很舒服。」

春惠向她打聲招呼，走過櫃檯。老闆娘露出笑容回禮。食堂那邊還能聽見醉漢的大嗓門和女人的笑聲。那些繼承了大筆遺產，興高采烈的人們。

春惠坐在床上，用手機搜尋明天的電車時刻表。比任何人都早起離開吧。清晨浴池是六點開始，所以還來得及泡澡。早餐就不知道能不能那麼早安排了。比起特快車，搭乘普通車去新幹線車站可能更快。趁現在先預約計程車吧——

放在床邊小桌上的內線電話響了。接起一聽，是老闆娘。

「在您睡前，會送上花草茶。有檸檬草和洋甘菊這兩種，不知您喜歡哪一種？」

上次來住時，有這種服務嗎？可能還是因為這次是包下整個旅館吧。

「我要洋甘菊。」

「現在就替您送來嗎？」

「好，麻煩妳了。」

正好。順便問問計程車和早餐的事吧。春惠給房間配備的電熱水壺插上電。

水壺的開水煮沸後，老闆娘彷彿算準時間般出現了。圓形托盤上，放著白瓷茶壺和茶杯，裝蜂蜜的小杯子，紙巾和茶匙，以及一杯冰水。春惠想接過托盤，老闆娘卻笑咪咪地走進房間。

把托盤放在窗邊的咖啡桌上。轉身肅然立正。即使這麼晚了，老闆娘的和服領口依然一絲不亂。

「須田春惠小姐。」

她用沉穩的聲音如此開口：

「有個冒昧的請求，不知能否耽誤您一點時間？」

春惠還按著房門。

「好，呃，我正好也有事想麻煩妳。」

「那麼，請把門關上。」

老闆娘的臉頰圓潤如大阿福人偶。雖然還是看不出年齡，但是應該比母親年長，比外婆年輕……吧？

「觀山先生交待，千萬要對春惠小姐以外的家屬保密——他有一樣東西想托我轉交給您。」

事後一看時鐘，老闆娘在春惠的房間大約待了三十分鐘。那是改變春惠人生的三十分鐘。

這個布置簡單的房間，據說是外公生前最愛的房間。一個人來稀泉館時，觀山草次郎總是住這個房間。

「那幅畫，也是觀山先生畫的。」

牆上掛的是裱框的畫作，好像是用彩色鉛筆畫的，

「那是觀山先生的興趣。他前往各地時畫下的作品，經常送給我。」

據說其他客房、大廳、乃至老闆娘的家裡，都掛著外公的作品。

春惠完全不知道外公有作畫的興趣。想必外婆和母親也不知道。誰也不知道。那種事情，外公

在家人和親戚面前瞞得滴水不漏。

春惠也已經不是小孩了，所以一聽說外公「一個人」來稀泉館住宿，還把他畫的作品只送給老闆娘，就已猜到兩人關係的密切程度。但她還是開口詢問老闆娘和外公是什麼關係，老闆娘回答：

「他是我打從心底尊敬的人。留給我美好的回憶。」

美好的回憶。懂了，是情人關係吧。

春惠的臉火熱發燙。拿起桌上的玻璃杯喝冰水。一口氣灌下半杯後，她心想對方可真是準備周到。

「妳和外公很親密吧？」

雖然是這麼蠢的問題，老闆娘還是拘謹地垂下眼簾，肅然回答：

「對不起。」

瞞著妻子也瞞著三個孩子，觀山草次郎的人生樂趣，就在這個地方。

——怎麼會這樣。

晴天霹靂。不過，不只是驚訝。這種感覺該用什麼字眼來形容最貼切？

——或許，是痛快？

就像母親他們以欺負春惠為樂，現在的春惠也被這個事實取悅。

外婆，母親，以及觀山家美好的家族關係。

一切，都是虛有其表。

春惠小姐——老闆娘喊道。

「請妳收下這個。」

觀山草次郎，為了春惠，在用春惠名字開戶的帳戶裡，留下大約一千三百萬的存款。

「十年前，春惠小姐您上高中時就開始存這筆錢了。是這裡的本地銀行，而且當時還不像現在開戶時要求那麼嚴格。」

老闆娘翻開存摺給她看。不管金額多寡，全都一一入帳記錄。幾個月或半年存一次，金額有時是一萬圓左右，也有時超過一百萬。從來沒有提領的紀錄。

「也有印章。」

帳戶的登記印章不是那種便宜的木頭章，雖然小巧卻很精緻。不是姓氏，是經過設計的「春惠」二字。當然，是外公特別訂製的。

「提款卡的密碼，是春惠小姐的生日。這家銀行的東京分行在東京車站丸之內出口旁，麻煩您跑一趟，改成自己喜歡的密碼就行了。」

這麼大筆的錢，外公在負擔家計之餘，是從哪弄來的？

「他投資股票。」

這也是前所未聞，外婆和母親想必也都不知道。

「一切都是透過我，所以周遭的人並不知道。」

春惠明明坐在床上，卻嚇得幾乎腿軟。

外公任職於光學儀器的老牌製造公司。他是工程師，也負責商品開發。基於那個立場，想必掌握的資訊也很多樣化。那是自己絕對無法利用，就算透露給熟人也會觸犯法律變成內線交易的那種有價值的資訊。

見春惠顫抖，老闆娘捂著嘴，溫婉地笑了。

「我對股票方面還算有點小小的天分喔。春惠小姐的外公，絕對沒有做任何虧心事，所以請放心。」

她想這麼相信。單純地，只想感謝外公。

可是對此，

——明明只訂製了五對豪華袖扣。

還有一個問題非問不可。

「為什麼，是我？」

在回答這個問題之前，老闆娘把熱水壺的開水倒進茶壺，把沙漏倒過來。

「他經常說，實在對不起春惠。」

——因為他教養女兒的方式錯了。

「您的母親，據說從小就有個壞毛病喜歡欺負看不順眼的朋友。」

——我和妻子，都無法勸戒她改掉那個壞毛病。除了外表粉飾太平無法做到更多。我的家庭，就像內在空洞的玻璃工藝品。

春惠想起，在食堂開始分遺物時，老闆娘從玻璃門偷窺的表情。

原來她都知道。知道春惠的受難。

「這筆錢，觀山先生本來說希望在春惠小姐結婚時交給您作為賀禮，但是如果在那之前自己就猝然死去，他希望由我轉交給春惠小姐……」

對此，春惠只能苦笑。我怎麼可能結婚。對於家庭，對於家人，我連絲毫夢想和希望都沒有。

——春惠很踏實，就算拿到巨款，也不會走上歧途。我相信這筆錢一定有助於她讓自己的人生變得更好。

據說外公就是這麼說的。

「還有，關於這幅滿山春花的畫作。」

老闆娘忽然抬頭看著牆上的畫說：

「描繪得很精密，對吧。多達二十種春花，從山頂上按照順序，一種一種逐漸綻放。瞧，沿著這條鐵軌。」

把臉貼近仔細一看，的確如老闆娘所言。從山頂到山腳，鐵軌彷彿一圈一圈環繞山體。處處描繪著釘書針那麼小的車站，周遭有梅花開，有桃花開，或者油菜花和鬱金香。從山腳延展出去的遼闊平野上，櫻花森林如雲海綿延。

筆觸太細緻，所以乍看之下沒發現。這或許也是這幅畫的意趣所在。

「這是他決定退休時，在這個房間畫的。」

老闆娘緬懷地瞇起眼說：

「他說，在人生陡峭的坡道一路登頂，今後將要悠緩下山。下山的旅途，開滿繁花——」

如此說來這幅畫中的外公，想必正倚靠在和山頂那個釘書針大小的車站很相稱、同樣像訂書針的電車座椅上悠然自得。

身旁的座位空著。不是留給外婆，是給老闆娘。

「或許我沒資格講這種話，」

老闆娘拿起茶壺，往杯子倒花草茶。

「春惠小姐不如把小時候直到今時今日，當成人生最陡峭崎嶇的坡道？今後將要緩緩下山，前往天地遼闊溫暖宜人的地方。」

每抵達一個車站，就有另一種花卉綻放。即使是嚴冬，艱辛的爬坡也已結束。

「撇開那個不提，明天早餐，要幾點為您準備呢？」

老闆娘離去，杯中的花草茶冷透了，春惠依然呆坐在床上。頭上，那幅異樣熱鬧畫得密密麻麻的春山繁花圖，正幸福地恣意怒放。

翌年四月，春惠進入某大學的夜間部，開始學習營養學。

為了在全職工作之餘便於通學，也搬到交通更方便的地方。不過要兼顧工作和學業還是很忙，只要有點預想之外的狀況，就會手忙腳亂。這天也是，眼看著快要上課遲到正在拔腿飛奔時，她在校園內的步道上和一張眼熟的面孔錯身而過。

對方和一群看似朋友的年輕人同行。春惠不禁瞪大雙眼轉過身，

——認錯人了。

幸好。一瞬間她以為是表妹，心想如果是個性認真的表妹倒還好。不過，這間大學沒有藥學系，表妹不可能出現。幸好幸好。都嚇出冷汗了。

稀泉館分遺物之後，春惠只和大姊一家保持聯絡。和其他家人親戚完全斷絕關係。母親和妹妹似乎向大姊抱怨過，但大姊沒有理會。

稀泉館那邊也是，後來她再也沒去過。既然和老闆娘分享了重大祕密，還是不要再接近比較好。老闆娘想必也理解。

不過，搬家時她還是通知了對方。結果對方立刻寄來包裹。是個扁平的紙箱，打開一看，緩衝耗材中，出現那幅描繪滿山繁花的畫作。

箱中還附帶一紙短箋，用圓潤的楷書如此寫著：

「六月底將把稀泉館轉讓他人。在緩緩下山走向繁花盛開溫暖遼闊之處的生活中，謹祝春惠小姐平安幸福。」

春惠把那幅畫，掛在床邊的牆上。

到頭來，外公也很奸詐。不過她很感激那筆錢。春惠因此能夠向前邁進。回頭去譴責別人，只是人生的浪費。

夜裡，把臉埋在枕上，釘書針那麼小的車站，停靠著釘書針那麼小的電車，彷彿聽見鐘聲叮噹。對著從車窗露出笑顏的那對男女，她低聲說：

——我會永遠替你們保密。

春惠睡著了。

下山之旅每一站，皆有山花開。　灰酒

薄暮青苔滿墓石，一隻小蜥蜴

一放暑假立刻搬到新家，健一有了自己的房間。是三樓的邊間，天花板斜著向下所以感覺有點像小閣樓。

「哪像我，直到上高中都沒有自己的房間。健一真好命。」爸爸說。

「一定要好好收拾喔。」媽媽說：

「你已經五年級了，應該做得到吧。」

相較於之前住的爸爸公司的員工宿舍，新家正好隔著市中心位於另一側。雖然不用轉學，但是買東西的超市換了。媽媽對爸爸說，少有機會再碰見宿舍的人真是太好了。

「否則他們一定會來挑毛病，說什麼新成屋感覺有點廉價。」

「他們是嫉妒啦。別在意。」

以前這裡是舊倉庫和鐵絲網圍繞的空地，根據媽媽的說法，「地主換成第二代繼承」，所以把倉庫拆除鐵絲網也拆掉，土地掛牌出售。

如今那裡蓋了三棟房子。形狀雖然一樣，但屋頂、牆壁和扶手的顏色組合各有少許不同。健一的家在中間，紅屋頂搭配米色牆壁、黑巧克力色的欄杆。右邊的鄰居家是藍屋頂白牆，左邊的是綠屋頂焦糖色牆壁，欄杆都是鉛灰色。之前來參觀時，左右兩戶都已經有人住。媽媽很高興地說，配色最好看的房子還留著真是太好了。

「這房子和我們有緣。」

健一房間的天花板斜著下垂之處，有一扇天窗。要用長鉤從底下開關天窗。健一也學會了使用方法，但媽媽說他不能自己亂用。開關天窗時必須交給媽媽來。

天窗開著時，只要爬上書桌掂起腳尖，就能從天窗探出頭。左右兩家沒有天窗。從這裡遠眺的風景只屬於健一一人。他開心得頻頻爬上桌子，結果立刻被媽媽逮到。媽媽非常驚訝，然後很生氣。不過，她和健一一樣爬上書桌從天窗探出頭後，「這倒是滿好玩的。」她說。

「只能把頭伸出去看外面喔。絕對不能整個人爬到屋頂上，太危險了。你可以保證不那樣做嗎？」

健一保證。基本上，他本來就沒有那種想法。因為天窗很小，就算鑽得出去，屋頂的坡度也很陡很可怕。

三棟房子的後面有個小山丘，長滿雜樹林，遠看像是綠色花椰菜。不過從天窗探出頭放眼眺望，樹林之間有小徑，山丘頂上有一座彷彿小木屋的建築。不知那是什麼？

暑假期間也要去英語補習班和游泳教室，還要去好朋友家玩，一起做模型，也想打電玩，健一的一天很短，大致上都排滿快樂的行程很忙碌。可是有一天，他去朋友家想繼續做模型，才剛把腳踏車停在路旁，朋友的媽媽就從玄關出來，劈頭便說「不好意思不好意思」。據說朋友吃壞肚子，正在睡覺。

「去醫院看醫生之後，說是病毒性腸胃炎。而且萬一傳染給你也不好，等他病好了會打電話告訴你，你先回家等著好不好。」

健一乖乖鞠躬行禮說聲知道了，又騎上腳踏車。他不自覺朝家的方向騎去，但是夏日午後才剛開始。這陣子一直下雨，今天總算放晴了，雖然炎熱但是感覺很舒服。於是，他忽然心生一念想去爬後面的小山丘。

他和做模型的好友也提過去山丘探險的計畫。等現在正在做的「無敵鐵金剛初號機」完成後，接下來做「暴風赤紅號」之前，要不要一起去看看？

朋友並不贊成。你家後面那個山丘，就是以前有螺絲工廠倉庫的那個山丘吧？那裡陰森森的什麼都沒有，還會有蟲子或蛇出現喔。

一起做模型的朋友最討厭蟲子。在公園玩耍時，如果有蒼蠅或飛蛾飛來甚至會嚇得東逃西竄。後山丘的確有點暗暗的。不過現在是大白天，而且離家那麼近。健一雖然還算懂事不會有爬到陡峭屋頂上的念頭，卻也沒有膽小到不敢獨自去那屋頂旁的雜樹林探險。

健一早就知道從家後面無法爬上山丘。因為圍著相當高的鐵絲網，彷彿要守衛三棟房子的背後。如果繞山丘一圈應該可以找到登山口。他本來想先回家拿防蟲噴霧劑噴一下，卻又懶得麻煩於是作罷。

騎著腳踏車一看，花椰菜似的山丘腳下蓋著成排房子。不過，從健一家那頭看過去，兩點鐘的方向有老舊的水泥階梯。寬度不足一公尺，階梯邊緣已經破損。看起來不像是屬於附近任何一家。

把腳踏車靠在路旁護欄鎖好之後，健一仰望水泥階梯。只有平房的屋頂那麼高。更上方是泥土路，有點陡的上坡被雜樹林的樹木像隧道那樣圍繞。

階梯都已無人聞問破損成這種狀態，可見從天窗窺見的那棟小木屋似的建築，八成也沒在使用吧。

如果是很荒涼的廢屋就太酷了。可惜現在爸爸媽媽還不讓他有手機。如果有手機就可以拍照，也可以拍攝探險影片。

他蹦蹦跳跳衝上水泥階梯，開始爬泥土坡道時，周遭頓時像關掉開關變得好安靜。透過樹枝可以看見周遭房子的屋頂。可以看見陽台晾曬的衣物。還有住商大樓的招牌。但城市的喧囂消失了。甚至聽不見鳥叫。

一、二，一、二。健一邁開大步走上去。樹根彎彎曲曲緊貼地面爬行。凹陷的地方堆積發黃的落葉。

爬到山丘頂上，並未花費太多時間。轉頭一看，停放的腳踏車看起來好小。丘頂有一塊半個躲避球場那麼大的空地，竹林高低不一地環繞四周。

明明有這樣的高度，為什麼會如此昏暗？爬山時遠比腦袋高很多的雜樹林，到了丘頂好像全都朝健一彎身，遮住了日光。

從天窗發現的那棟看似小木屋的建築，就在丘頂空地的中央。是白色油漆已經斑駁脫落的觀測氣象用百葉箱。這種木條拼接的外牆，從健一家的天窗遠眺就像是小木屋的一部分。

門似乎在另一頭。裡面或許有什麼生物築巢。如果是小鳥還好，可若是蜜蜂就恐怖了。

用手摸著百葉箱側邊繞行一圈才發現，已經沒有門了。或許早在很久之前就已拆除。百葉箱中是空的，只有沙子堆積。泥土和發霉的臭味撲鼻而來。

從樹枝之間俯瞰，立刻找到健一的家。天窗開著。藍屋頂，紅屋頂，綠屋頂。同樣形狀的房子站成一排很可愛。在藍屋頂房子隔壁那戶的院子，他發現一座巨大的狗屋。搬來到現在，從未聽過狗叫聲。那隻狗八成很乖吧。

不知狗綁在哪裡，是在狗屋裡睡覺嗎？站在丘頂空地的邊緣，健一時而伸長脖子時而蹲身，變換各種姿勢尋找狗。山丘的那一側沒有路，被竹林覆蓋的斜坡以陡峭的角度切下。身子太向前傾會很危險，所以他小心翼翼以免失去平衡。

這時，某種敏捷的東西一溜煙橫越健一的運動鞋跑走。他嚇得跳起來向後退，朝「那個」跑走的方向一看，它在地面上倏然停止動作。

是蜥蜴。非常小，尾巴很長。

有那麼一會，健一和蜥蜴都沒動。健一屏息，悄悄挪動左腳。蜥蜴沒逃走。接著右腳也挪動，靠近蜥蜴。一步，再一步。結果蜥蜴又逃了。健一跑著追上去。

那隻小蜥蜴，在丘頂空地的一角再次靜止。那裡的泥土凹凸不平。大概是連日下雨導致坍塌吧。

蹲在地上定睛一看，從凹凸不平的地方往山丘斜坡那邊，有一顆健一腦袋那麼大的石頭，和一顆拳頭那麼大的石頭。總覺得，那看起來像是從丘頂角落的這個地方滾落的。

在凹凸不平的泥土上靜止的蜥蜴，當健一腦袋的影子落在那裡，又迅速跑走了。然後，停在那顆有健一腦袋大的石頭上，伸長四隻腳和尾巴緊貼在上面。兩顆石頭都長滿青苔變成深綠色。如果去碰觸恐怕連指尖都會冰涼地染上深綠色。

對著蜥蜴，健一咋舌弄出嘖嘖聲。沒反應。近距離看來，蜥蜴的眼睛渾圓腦袋還有一點紅，長得很可愛。

健一屈膝跪地悄悄伸出手，想拎起蜥蜴的尾巴。頓時，或許是再次察覺影子的移動，蜥蜴翻越石頭，一溜煙消失在斜坡中。

失敗了。健一的膝蓋和雙手抵著地面，大聲說出「真沒意思」時，凹凸不平的土中有東西發光。是比蜥蜴眼睛還小的「光芒」。健一如果沒有擺出這個姿勢八成不會發現。

健一用剛才想拎起蜥蜴尾巴的指尖挖開泥土。濕潤的泥土很軟，輕易便可挖開。

閃爍光芒的是鏡片。是直徑五公分左右的放大鏡。雖然鏡片立刻挖出來了，但是握把末端的圓孔穿了一條皮繩，那條皮繩遲遲拽不出來。健一的指甲縫已經都是土了。

放大鏡的鏡片已磨損。皮繩也破破爛爛的快要腐朽。塑膠做的鏡框和握把倒是毫髮無傷，約有十公分長的握把上，可以看出刻了字。

「SUZUKIAI」。

大概是這個放大鏡主人的名字。這麼一想，健一頓時心慌。發現了刻有主人名字的東西。不是撿到，是發現。

把破破爛爛的皮繩整齊纏繞在放大鏡握把上，雖然有點猶豫還是放進褲子口袋，健一走下山丘。騎著腳踏車回到家，立刻給媽媽看放大鏡，說明是怎麼發現的。天啊，媽媽驚呼。

「簡直像是蜥蜴引導你發現的嘛。」

被媽媽這麼一說，健一也覺得的確有那種感覺。

「上面既然有名字，就送去派出所吧。但願能找到失主就好。」

他和媽媽一起去了附近的派出所。年輕的警察受理他們的報案，健一再次說明他是怎麼發現放大鏡的。

回程去超市買東西。媽媽說今晚要做肉丸義大利麵給他吃。健一非常開心。想到最愛的肉丸義大利麵，口水都快流出來了。

爸爸過了十點才回來。那時健一正在刷牙準備就寢，於是滿嘴泡沫地報告放大鏡事件。就在爸爸開始吃重新熱過的肉丸義大利麵時，家裡的電話響了。

然後一場大騷動開始了。

「SUZUKIKAI」，是鈴木海這個小學一年級的男生。在健一尚未去過的遙遠大都市，鈴木海和爸爸媽媽一起生活。五年前的暑假過了一半，正好就是這個時候，他去參加夏令營，就此下落不明。

放大鏡是小海的寶貝。是爺爺為了慶祝什麼都喜歡觀察的小海上小學，特地贈送的禮物，小海媽媽替他綁上皮繩。小海總是把放大鏡掛在脖子上。失蹤的那天也掛著。

之後過了一年半，在同一個大都市的另一區，這次是小學二年級的男生失蹤。有人目擊男生放學後上了某人的汽車，因此警方展開大規模搜索，結果就在當天深夜，發現搭載男童的那輛汽車停放在超商的停車場。男童睡在車上，駕駛座空無一人。警察一走進超商，一名顧客拔腿就逃。是個身材細瘦頭髮蓬亂的年輕男人。男人衝到馬路上被卡車撞上，很快就斷氣了。男童平安回到爸爸媽媽的身邊。因為被餵了安眠藥，睡了整整一天才醒來。

拐走男童的年輕男人住的公寓，就在健一生活的這個小城角落。警方從公寓找到各種物品。其中，有小海帶去夏令營的背包，以及小海當時穿的襯衫和褲子。

可是並未找到小海。也沒找到小海成天掛在脖子上的放大鏡。小海的爸爸和媽媽，一直在等待小海回來。

健一發現小海的放大鏡送去派出所後，警方搜查了後山丘。結果找到小海的遺體。已經化為白骨。

健一並不害怕被刑警問東問西。可是媽媽非常害怕，爸爸也像變了個人似地臉色陰沉。家裡的對講機從早到晚叮咚叮咚響個不停，也不斷有人打電話來。爸爸媽媽和刑警先生商量後，決定讓健一去爺爺奶奶家度過剩下的暑假。奶奶說「可以看猜謎節目，但是不可以看新聞喔」，所以健一對於找到小海後的種種騷動幾乎一無所知。

只有一次，一個刑警先生特地來爺爺奶奶家找健一。據說在被車撞死的年輕男人的電腦中，留下了許多那座山丘的照片。刑警先生把那些照片列印出來，拿給健一看。

「健一小弟弟看到時，是這個樣子嗎？」

刑警先生給他看的照片上，有健一腦袋那麼大的石頭，和拳頭那麼大的石頭。兩顆石頭像鏡餅（註）一樣疊在一起。地點應該是那個山丘頂上的一角沒錯，但是石頭幾乎毫無青苔。

「我發現的時候，兩顆石頭都已經滾落，而且兩顆都長滿青苔。」

「像這樣？」

刑警先生拿出另一張照片。兩顆石頭還是疊在一起，但是石頭有一半都長了青苔。

「不，青苔更多。」

是嗎，刑警先生說：

「五年來，青苔增加了。」

健一以前住在爸爸的員工宿舍時，隔壁有個念國中的小姊姊，經常餵棲息在員工宿舍院子的瘦巴巴野貓吃東西。健一不時也會看到。某天早上，小姊姊說，貓死掉了所以替牠做了墳墓。她在員工宿舍院子挖洞埋了貓，上面堆了幾顆圓形石頭當墓碑。

——很可愛的墳墓吧。

小姊姊哭著合掌膜拜。健一也有樣學樣。想起當時的情景，他對刑警先生說：

「我發現了小海的墳墓，對吧。」

刑警先生有點為難地扭動眉毛。

「不是墳墓喔。小海的墳墓，在更正規的地方。」

原來如此。下雨就造成崩塌，所以不是正規的墳墓啊。可是那兩顆石頭都漂亮地長滿青苔，在

註：日本過新年時祭祀神明用的年糕，通常是兩個大小不同的圓形年糕堆疊而成。

山丘上的昏暗暮色中閃閃發亮。

第二學期開學後，他照常去上學。爸爸負責接送。去模型朋友家玩時媽媽也陪著一起去。健一的媽媽和模型朋友的媽媽嘀嘀咕咕在旁邊低聲聊了很久。班上也有幾個同學，在教室起鬨說健一發現骷髏頭，被大發雷霆的級任老師痛罵一頓，除此之外沒什麼特別的事情發生。進入十月後，他又恢復之前那樣和附近小學生一起排隊上下學，也開始和模型朋友做「暴風赤紅號」。

但是，媽媽不再替健一打開房間的天窗。

第二學期的結業式結束後，健一拿著成績單回家，發現家裡有客人。其中一人是上次那位刑警先生，另外兩人是沒見過的男人和女人。

他們在客廳坐在媽媽對面。雙眼發紅。

「這是小海的爸爸和媽媽。」

健一還沒說話，小海的媽媽就從沙發起身走過來。她很瘦，看起來比健一的媽媽老很多。小海的爸爸頭髮也幾乎全白了。

「謝謝你幫我們找到小海。」

小海的媽媽用雙手握住健一的手，柔聲這麼說。

之後健一和媽媽並排坐在一起。刑警先生和媽媽還有小海的爸爸媽媽，談論了很多事情。誰也沒有提高聲調。

小海的爸爸媽媽，這是第一次走上後山。他們說雖然早就想那樣做，卻始終做不到。健一的媽媽擤鼻涕，拿手帕擦眼淚。小海的爸爸媽媽沒有哭。客廳明明很溫暖，不知為何只有他倆看起來很冷。

「被埋在那種地方，真的太可憐了。」

健一的媽媽用手帕按住鼻水，這麼說道：

「我聽警方說，是我兒子追著蜥蜴才發現放大鏡。聽說是一隻可愛的小蜥蜴。」

小海的爸爸媽媽默然點頭。

「一定是小海投胎轉世變成小蜥蜴，通知大家他在這裡。能被我兒子發現真是太好了。」

對話之際，健一一直低著頭。一邊回想起蜥蜴的長尾巴，巴在石頭上的模樣，還有頭頂紅紅的地方。

過了兩三天，健一在家附近的十字路口等紅綠燈時，後方忽然有人喊他：

「健一。」

轉身一看，小海的媽媽就站在眼前。

「你好。你現在要回家？」

時值傍晚，天已經全黑了。健一去模型朋友家玩剛回來。腳踏車的車鏈斷了，所以這天他是走路出門。

小海的媽媽穿著大衣圍著圍巾，可是看起來還是不勝寒冷。

「今天北風好強。我是開車來的，我送你回家吧。」

小海的媽媽說著，拉起健一的手。比上次更用力，感覺像是緊緊扣住他的手拉扯。

小海的媽媽，今天也去山丘上了嗎？她的手像冰塊一樣冷。

「我家就在前面了，我可以走路回去。」

儘管健一這麼說，小海的媽媽還是用力拽著他。十字路口前方停著白色轎車，小海的媽媽打開後車門，把健一推進去。

小海的媽媽臉色雪白。像要逃離什麼似地快步繞過車前，鑽進駕駛座。「喀」的一聲鎖上車門，綁上安全帶就發動車子。

既然說要送健一回家，那她應該記得去健一家的路吧。健一這麼想著乖乖坐在後座，卻發現車子不斷駛向錯誤的方向。健一的心跳加快。車內很暖，他卻感到身體逐漸發冷。

「……走錯路了。」

健一非常小聲地說。他只能發出這麼小的聲音。

小海的媽媽沒回話，緊握著方向盤面向前方。後來她開始低聲嘀嘀咕咕，只能斷斷續續聽清一些。

「居然說是蜥蜴，居然說是蜥蜴。」

雖然聲音低得像囁嚅，卻很尖銳。

「他才不會轉世變成那種東西。」

可以聽見她一直說太過分，太過分。健一知道小海的媽媽在生氣。

「太過分了，為什麼只有我的孩子——」

期間，車子還在不斷遠離健一家。越過一個、兩個、三個紅綠燈，超過公車，經過健一從來沒有騎腳踏車走過的路。

小海的媽媽鬆開方向盤拿手搓揉臉孔。發出呻吟似的聲音。健一想，她是在哭吧。

「對不起。」

他只能想到這句話。對不起對不起。

車子加速繼續奔馳。健一的膝蓋開始顫抖。喉頭卡住，淚水奪眶而出。他哭著不斷反覆說對不起。

「對不起！」

健一扯高嗓門大聲一喊，前方的號誌燈明明是綠燈，小海媽媽卻突然踩剎車。輪胎發出刺耳的摩擦聲驟然停車，健一差點從座位滾下去。

駕駛座上，小海的媽媽雙手蒙臉。不斷呻吟著「居然說是蜥蜴居然說是蜥蜴太過分了太過分了」。然後，她突然拿頭去撞方向盤。一次又一次，一次又一次。

健一緊貼座椅縮起身子。恨不得縮小到看不見。

小海媽媽的動作停止了。她緩緩抬起頭。頭髮凌亂，就像電影裡出現的女鬼。

「嚇到你了吧。」

她沒看健一，顫抖著聲音說：

「小海，如果還活著，本來跟你一樣大。」

後照鏡映出她的臉孔。淚濕雙頰，頭髮黏在臉上。

健一的聲音縮回喉嚨深處。他連駕駛座那邊都不敢看。小海媽媽粗重的呼吸好恐怖。

過了一會，車子發動了。在下一個號誌燈左轉，開始折返來時路。小海的媽媽就這樣頂著一頭亂髮繼續開車，再也沒對他說話。

健一的家出現了。路燈的燈光中浮現紅屋頂。健一的心臟都快爆炸了。快點，快點快點快點到家。

車子在路邊停下，小海的媽媽解除門鎖。

「你能自己開門嗎？」

健一沒回答就去拉車門的握把，推開門連滾帶爬地下了車拔腿就逃。即使拚命奔跑還是一點也沒有前進，感覺家在好遠好遠的地方。

終於抵達玄關，他一次又一次拚命按對講機。可以聽見門鈴在家中刺耳地響起。腳步聲接近，門開了。媽媽吃驚地瞪圓了眼。

「你回來了。怎麼了？」

健一放聲大哭。

繫著圍裙的媽媽，抱緊抽泣的男孩肩膀。家中正在播放傍晚的電視新聞。有母子倆佇立門口的是紅屋頂的房子。兩側是藍屋頂和綠屋頂的房子。成排溫暖的窗戶燈光後方是沒有星星的無垠夜空，陰暗的山丘黑幢幢地蹲踞。

薄暮青苔滿墓石，一隻小蜥蜴。　石杖

玫瑰凋落丑三刻，出現的是誰

慶太來找我借錢。

「抱歉。我爸媽對金錢方面管得很嚴，我和我弟，打從高中時，就被他們再三吩咐過絕對不能和朋友有金錢借貸。」

「我又不是普通朋友。我是妳的男朋友。」

「男朋友恐怕更不行。」

「不讓妳爸媽知道就沒事了啦。妳別告訴他們就行了。」

「我和他們住在一起。鐵定會被發現。」

因為在通識課程的教室屢次比鄰而坐就此有了說話的機會，在慶太主動追求下開始交往，才一個月左右。

慶太的個性開朗風趣又時尚，不分男女有很多朋友頗受歡迎，被他告白時老實講我飄飄然如在雲端，簡直像在作夢。

可是，那真的只是一場夢。一旦開始以男女朋友的身分交往，慶太結交的那群朋友（有高年級的人，也有不是大學生的人）之中，沒有像我這麼不起眼的女孩子。我明顯格格不入，就算在慶太的邀請下和他的朋友一起去哪玩，也不太開心。儘管我不願承認那點一直在自欺欺人，但我從來不曾打從心底感到快樂過。

他們不管何時何地總是大聲喧嘩，很沒規矩。就算是大學生，這年頭也已是標準的成年人，可是他們的行為卻和不良國中生半斤八兩。他和他的朋友在性愛方面很隨便，動輒也會向我求歡，這點也讓我很不舒服。不是「因為喜歡」，只是覺得好玩的那種氣氛令我非常厭惡。

這時再加上他那句「借我錢」。我一下子醒了。不知該說是最後一根稻草，還是他的毒素終於到達致命量。

我大聲激勵自己，逼自己面對現實。歸根究柢慶太當初會接近我，還有和他交情好的幾個女生起鬨說什麼「慶太不錯啊，妳就跟他交往嘛」、「你們很配喔」，其實打從一開始都是為了騙錢吧。

不過，想想還真不可思議。我家是極為平凡的上班族家庭，我申請了獎學金，自己的零用錢是靠打工掙取。穿的也都是二手衣或廉價的快時尚品牌。到底有哪一點足以被他當成「搖錢樹」？

我暗自訝異之際，某天約會時，慶太摟著我的肩，在我耳邊囁語：

「小咪，為了我倆的今後，妳要不要換個兼職工作？學長的店裡正在招募女孩子喔。」

他沒有給我插嘴的機會，滿面笑容地滔滔不絕遊說。絕對不是酒店喔，是更高級的店。只要陪客人聊聊天，喝杯烏龍茶或可樂，一小時就可以賺三千圓。怎樣？像妳這種清純小女生的類型很少見，肯定立刻就會變成店裡的紅牌。

「到時候我身為妳的男友也會很自豪，我倆可以去更多不同的地方玩。還可以去旅行。」

這傢伙，打算叫我去賺錢養他。

不只是輕浮的廢物男，原來他是這麼危險的男人。我的背上竄過一陣寒意。

「對不起。我家對打工也管得很嚴。會被我爸罵。搞不好還會被趕出家門。」

「真的變成那樣的話我們就同居吧。」

慶太像清涼飲料的廣告會出現的年輕男孩一樣爽朗地笑著，眼睛卻閃現暗光。錢，MONEY，錢。這個女人是替我賺錢專屬於我的奴隸。

別想反抗我，乖乖照我說的做——他內心卑鄙的真實想法在燃燒。

我的名字叫做美惠子（MIEKO）。像在叫貓似地喊我小咪的只有這傢伙和他的狐朋狗友。他們根本沒把我當成人。

「不行啦。我好像無法成為你期望的那種女朋友。」

「別說這麼無情的話嘛。妳就是這樣老是想太多，這是小咪的壞毛病喔。應該盡情享受人生才對。」

是你自己想享受吧？我忍住想這麼直接嗆回去的衝動，裝出沮喪的模樣。

「那我和爸媽商量看看。」

當下總算脫身了。今後我要謹慎採取行動和慶太斷絕關係。他和朋友都是來大學鬼混的人，所以只要我用上課和打工把行程安排得滿滿的，應該可以不動聲色地和他拉開距離。雖然被邀約過好幾次，幸好我始終沒有加入他們的社團。

靠著這個策略，那一週好歹安穩度過了。碰上他死纏爛打時，我就把「我問過打工的事情了，果然被我爸臭罵一頓」、「我暫時被禁止出去玩」這些藉口換個版本繼續搬出來敷衍他。

沒想到——

週六晚間九點多，我正要從打工的咖啡店回家時，遇上埋伏。咖啡店的後門外，就是停車場。我在那裡突然被人從背後反扭雙手蒙住眼睛。

「Surprise！」

女孩子嬌嗲的聲音響起。雖然只來得及瞄一眼，但有男有女應該不下七、八人。起初將我雙手反扭在後的是女孩子的手，但是隨即有男人的力氣從兩側抓著我的手臂，壓制住我。

「小咪，打工辛苦了！」

是慶太的聲音。亢奮得有點破音。

「今天是週末。我們去兜風吧！」

事出突然，我倒抽一口冷氣。糟了，我正想著必須大聲呼救，已經被冒汗的手心摀住嘴。拎在手裡的背包不知幾時也被搶走了，我被人時而用力推擠時而拉扯。

「來，上車上車。」

最後我被塞進車裡。

「喂，出發出發。」

「遵命！」

車子發動。他們也太熟練了吧。這些傢伙，是真正的惡棍。

「為什麼要做這種事？不覺得很過分？」

即使我語帶顫抖地抗議，也只是被異樣興奮的起哄聲敷衍。

「這是去兜風。是給妳一個驚喜，至於去哪裡，等妳到了就知道了。」

「小咪，妳生日馬上要到了吧？慶太找我們商量，我們特地一起計畫的喔。」

全體都上車了，可見應該是大型車輛。車內瀰漫男人的汗臭和女人的化妝品脂粉味。

「我想回家。太晚回去的話，我爸媽會擔心得到處找人。說不定還會報警。」

「沒事沒事。我會用妳的手機給妳家發訊息。」

看來是哪個女孩子翻我的背包，擅自使用我的手機。

「手借我一下。」

我的手被粗魯地拽著，手指被用力扯得很痛，被迫按在手機螢幕上。

「好，解鎖了！」

「得知妳今晚要在朋友家過夜，妳爸妳媽也可以安心了。」

「妳已經逃不掉了。」

慶太的聲音，帶著威嚇的殺氣。

車內的氛圍就此轉變。由他打頭陣，所有人都開始罵我。他們說，不肯依照慶太指示行事的小咪不配當女朋友。有必要重新調教。他們還說要把我教育成一個老實可愛的女人，叫我應該心懷感激。

我不知道車子究竟行駛了多遠。我已經嚇得腦子混亂，只能縮成一團。臉頰和身體挨揍，頭髮也被拉扯，我抬手想保護自己。

「真不老實。」

我那隻手被抓著扭轉，被人用某種東西綁住手腕。也許是電線束線帶。他們用起這個同樣熟練得可怕。

「好，到了！」

車子終於停下，我被拖出車子。腳底是崎嶇不平的地面，我被蒙著眼用力推拉，當我想反抗時被一把推開，我跪倒在地。

夜晚的空氣濕黏悶熱，不知從哪傳來低微的秋蟲唧唧。

「鏘鏘鏘～！」

某人用亢奮的聲音哼唱著，一把扯下我的眼罩。眼前是慶太。周圍，站著他的同夥，擋住我的脫逃之路。

「好，接下來就開始小咪的大冒險！」

慶太像綜藝節目主持人那樣高聲宣布，向旁邊退了一步。同夥咻咻地吹口哨鼓譟著拍手。

視野豁然開闊，我當下啞然。

眼前是一棟巨大的廢棄樓房。是非常寬的三層樓水泥建築，有些地方是兩層。為數頗多的窗戶全部失去光亮，內部彌漫黑暗。只有樓頂前方的角落裝了一盞照明燈，靠著那污濁的黃光，可以看見有幾扇窗戶的玻璃破裂，百葉窗凌亂歪斜的模樣。

我打工的咖啡店就在公車總站旁，是夜晚也很熱鬧的繁華鬧區。這棟廢棄樓房周遭都是雜樹林，零星豎立著昏暗的路燈。左邊的極遠處，可以看見高速公路的高架橋，以及珠鏈似的成排照明燈。

這裡是哪裡？我到底被帶來多麼偏僻的場所？

「這棟樓房，據說以前是醫院。」

慶太轉身，仰望著廢棄樓房說：

「這是收容傳染病人的隔離醫院，不再使用後，已經過了幾十年了。現在，成了有名的鬧鬼地點。」

誇張地用聳動的語調這麼說完後，他戲謔地湊近看著我。

「那麼，接下來就請小咪在這裡探險！」

耶！同夥紛紛歡呼。

「妳要拿病歷表和藥瓶之類足以當做證據的紀念品回來喔。這個地方被之前闖入的傢伙放火，據說燒掉了不少東西，所以如果不打起精神仔細找，恐怕找不到。」

加油喔！女孩子笑著說。

雖然我幾乎陷入恐慌，但她們嘲笑的嘴臉太醜陋，令我不甘又憤怒，心想我一定要振作起來。

「為什麼我非得做那種事不可？」

我壓抑情緒質問，慶太用力捏著我的下巴尖。

「誰叫妳不聽我的話。」

「我討厭探險。」

「妳不想去？行啊，那就在這裡簽名。」

後方某個男生，立刻遞來一張看似從筆記本撕下的紙。

「契約書。只要妳現在簽名我就考慮原諒妳。」

紙上的內容很扯。首先，我必須付給慶太五十萬圓「精神補償費」。其次，要去慶太指定的店裡工作。

「第一志願是這家店。」

慶太把他的手機杵到我眼前。出現的是色彩鮮豔的廣告。還來不及確認店名和地點，「歡迎良家婦女、大學女生加入！時尚的內衣酒吧」這行字已映入眼簾，我當下理解了狀況。

「我不要，我不簽。」

自己的聲音發抖令我很懊惱。不過，我還是斬釘截鐵回答。慶太一聽就鬆開我的下巴，一把拽住我的頭髮。

「是嗎，那妳可以去探險了。」

我被他拽著頭髮硬生生拉起來。

「快滾吧，醜八怪。」
「別想要我們。」
那些男生用力拍打我的背部，踹我的小腿和膝蓋後方，女生再次大笑。
我感到生命的危險，以及個人尊嚴的危險。那一瞬間，比起鬼屋，這些壞到骨子裡的人渣遠遠更可怕。我必須保護自己。
「知道了。我去就是了。」
我主動跨出一步。
廢棄醫院的周圍，似乎圍了一圈鐵絲網。我們現在已鑽進那裡面。轉頭一看，可以看到鐵絲網有一部分遭到破壞。這想必不是慶太他們幹的，是之前來鬼屋探險的人幹的好事吧。
既然是別人也來過的地方，那我也能去。沒問題。我拚命這樣激勵自己，雙腳用力站穩。
「要找紀念品，我需要燈光。另外，請把這個解開。」
我的雙手手腕，還被束線帶綁著。我把手往慶太面前一伸，他像白痴一樣笑個不停的表情，出現一絲動搖。或許是有點驚訝。
「這個醜女他媽的以為她是誰啊，太跩了吧？」
某個男生毒舌地說，又踢了我的小腿一腳。
「請別踢我。」
「少廢話，醜八怪！」

「你們想讓我去拿紀念品吧？那就快點給我鬆綁，隨便是手電筒或手機都行，給我一個能夠照明的東西。」

這時，退到一旁的某個女生，突然大聲尖叫。

「你們看！喂，快看那邊！」

她一邊後退，指著廢棄醫院三樓的某扇窗戶。我也抬眼往那邊看。慶太和同夥也抬起眼。

「哇！」

「那是什麼！」

他們頓時一陣大亂，像膽小的鹿群擠在一起。女生已經完全嚇得腿軟，縮成一團。

我也看到了。女生指的窗框內，貼著一張彷彿白色臉孔的東西。純粹只是「彷彿臉孔的東西」，看不見眼睛鼻子。雖然扁平沒有五官，但輪廓的確是人臉。

「剛才還沒那種東西出現吧？」

慶太這麼說時，那個東西倏然消失了。隨即，又在正下方的二樓窗口出現。這次長髮凌亂，沒有五官所以難以確認，但是根據髮流的方向判斷，似乎是倒掛著貼在窗戶玻璃上。

女生哭叫著四處奔逃。我這才慢半拍地發現，一共有三個女生。其中兩人，當初一直遊說我和慶太交往，是他們那個社團的成員。

剩下的男生包括慶太共有五人。當著女孩子的面，雖然勉強撐著沒有落荒而逃，卻也完全嚇破膽。搞什麼，這些傢伙都快嚇尿了——這麼一想，我反而冷靜下來。

倒掛在窗戶玻璃上的扁平臉孔消失了。男生就像突然斷了線，哇哇大叫著落荒而逃。

「超恐怖！」

「這種事我可無法奉陪！」

「你們幾個別走，等一下，你們逃什麼！」

叫嚷的慶太也臉色大變。額頭和脖子都冒出冷汗看起來油亮油亮的。

「現在怎麼辦？」我說。

慶太在一瞬間凝視我，猝然甩了我一耳光。一耳光似乎還難消他心頭之恨，又打了第二個、第三個耳光。我眼冒金星。

「妳要負起責任！」

他喊出意義不明的發言，拽著我的手肘把我往廢棄醫院那邊拖。

「這裡有女鬼出沒，活人只要闖入就會遭到攻擊。網路上有很多人描述這種親身體驗。」

根據那些描述，一旦碰上女鬼，如果不找個活人獻祭就無法得到女鬼的原諒。所以慶太氣勢洶洶地說我必須去當祭品。

這邊不是廢棄醫院的正面，似乎是後面。慶太去的大概是後門，只見一扇看似沉重的金屬門上，鑲嵌著方形玻璃窗。當然，那扇玻璃窗內也是一片漆黑。

慶太握住門上看似堅固的金屬握把，用力猛然拉開。門的構造是從我們這邊向外拉開。當下，我決定抓著他的衣服一角。如果一起摔進屋內，要死至少能拖他一起去死。

可是那瞬間，門內深處積蓄的黑暗中傳來女人荒腔走板的高亢笑聲，我和慶太都僵住了。一看慶太的臉，就像當頭澆了一盆水般滿頭大汗。目光游移。

「關我屁事啊。好了，妳快去。」

他抓著我的手臂把我拽到前面，一手按著門，把我推向大約打開三十公分的門內黑暗。我雙腳用力抵著地面抗拒，慶太抬腿就踢我。被踢到屁股上方，我撲進門內。

「去死吧！」

慶太大喊，門自動關上。我想把腳尖插進門縫，卻差了那麼一秒沒來得及。只能隱約看見慶太逃走的背影。

「慢著，先把我的手腕鬆綁！」

砰！門完全關閉了。

我的周遭充斥黑暗，就像突然被扔進深海。

我的身體緊貼金屬門。上下移動仍被綁著的雙手，尋找門內側的握把。我的手一次又一次來來回回摸索，最後只發現，本該有握把的地方出現一個洞。

建築物雖然破爛，這扇金屬門卻關得很緊，毫無縫隙。門很重，恐怕無法從內側打開。至少，在我現在雙手被綁、毫無燈光的狀態下不可能。

我很後悔自從隨身攜帶手機後，就再也沒戴過手表。至少如果有手表，還能藉助表盤的光。

我不能陷入恐慌。不管怎樣，至少我終於脫離那些危險的傢伙了。我逼著自己緩緩呼吸。

室內有發霉和死水沉澱的臭味。不知火災發生是多久以前的事，但空氣仍有焦味。這裡作為醫院應該已經是很久以前的往事，卻似乎還有消毒水和移動式簡易馬桶的味道，或許是錯覺吧。

即使用鼻子呼吸，異味還是很難受。可是如果用嘴巴呼吸，總覺得好像會直接吸入非常不好的東西。

我背靠著門，蹲在地上。就這樣待在這裡不動，等到天亮吧。只要太陽升起，門上的方形小窗就會透入陽光。

如果慌慌張張逃出去，說不定又會被慶太他們抓住。現在那對我來說更危險。

活生生的惡棍才可怕，什麼女鬼肯定是瞎掰出來的，需要活人獻祭更是鬼扯。

我拚命這麼告訴自己。可是，如果真是這樣，剛才貼在二樓和三樓窗口的那張沒有五官的臉又是什麼？不行，千萬不能想那個喔，美惠子。

意外的是，一旦眼睛適應黑暗，漸漸能看出室內的樣子。不知是樓頂黃色探照燈的燈光，還是因為今晚夜空浮現一彎淡淡新月，廢棄醫院內並不是真的伸手不見五指一片漆黑，單純只是「很暗」這種程度。

從我所在的位置，有長長的走廊向裡延伸。左邊牆上有「夜間急診」的標示，下方有及腰的窗口。窗框下面伸出淺淺的台面。

換言之，這左邊是夜間掛號的房間。沿著櫃台把身體滑過去一看，門是敞開的。怎麼辦？要進去夜間掛號室看看嗎？如果有椅子就能坐著。如果有桌子，也可躲到桌子底下。

妳要躲什麼？美惠子。就算決定暫時不去想那個問題，總覺得身體蜷縮起來會更安全。

肉眼所及的範圍內，走廊沒看到障礙物。也沒有從外面看到時那麼荒蕪的感覺。走廊很光滑。想必鋪了油氈地板。的確很像醫院會有的樣子。

我背靠櫃台，緩緩向旁邊移動。從敞開的房門探頭往裡看，掛號的及腰窗口前有一組辦公桌椅。室內還有兩組辦公桌椅面對面。不知怎的椅子遠離桌子，對著另一個方向。牆邊排放著一些檔案櫃。

窗戶緊閉，沒有百葉窗也沒有窗簾。倒是煞有介事地用木板釘死。為何要從內側這樣做呢？總之不管怎樣，這樣不行。還是回到金屬門那邊吧。從方形小窗可以看到外面會比較安心。

我小心翼翼挪動雙腳以免絆倒。出了房間，先背靠著櫃台，然後就在我要轉向門那邊時，我感到脖子後面的汗毛根根倒立，全身起了雞皮疙瘩，竄過一陣寒氣。

我扭頭，望向走廊深處。

某種東西以驚人的速度爬過天花板。正朝這邊逼近。「某種東西」。那是穿白衣垂著黑色長髮，手腳扭曲的女人。頭下腳上，沒有五官的臉孔俯瞰我。

我僵硬如石。無法出聲。毫無辦法。

奇怪的女人俐落地迅速爬過天花板。距離縮短。我的呼吸也卡住了。

爬行的女人，在離我一公尺的地方倏然停下。

我和沒有五官的扁平臉孔面對面。

扁平臉孔動了一下雪白的手臂，碰自己的臉。頓時扁平的皮膚開始上下起伏，出現眼睛鼻子眉毛和嘴巴。

我目瞪口呆。

扁平臉不再是扁平臉，原本扁平的地方，現在是一張好像在哪看過的臉。

「欸，小姐。」它說，「妳沒事吧？」

聲音遠比我想像中還溫柔。聽了之後，我終於想起這張臉是誰的臉了。是我的表姐紗英子的臉。比我大五歲的紗英子表姐，和我從小就像親姊妹一樣要好。她目前在英國的大學留學，前天我們用skype聯絡時，她還說可能會在學成之後留在那邊找工作。

「這張臉和聲音，是妳喜歡的人的吧？」

它貼在天花板上，繼續說道。

「所以我借用一下，不行嗎？如果是妳喜歡的人的臉，我想妳可能會安心一點。」

我已經嚇得腿軟。

的確，那個女人不是活人。

但也不是冤魂。好像也不是一般來說我們想像中的那種「鬼」。

「該怎麼說才好呢。」

坐在夜間掛號處的櫃台上，一邊自己撩起長髮，她用紗英子表姐的臉和聲音說：

「是進出這棟建築的無數人們的念想吧。無論是活人，或者在這裡死去的人，都抱著某種念想吧。那是一種能量。然後，那種能量，就算當事人已經不在那個地方了，有時還是會有碎片稍微殘留。」

她說，她就是那些碎片的累積。

我在她的腳下，倚靠那扇金屬門蹲著。

「妳的意思是指殘留意念嗎？」

「啊，就是那個。嗯，就是那種感覺。所以我不是一個人喔。是許多人的殘留意念的集合體。」

我雖然無法相信自己居然和這種存在面對面，卻已開始信任她。因為，她遠比慶太他們更親切，也更有人性——姑且不論這樣形容是否恰當。

「殘留意念，就像是靜電。時間久了自然會消失。所以構成我的東西，也會漸漸更換。」

她用紗英子表姐的臉莞爾一笑。

「這樣見到妳之後，現在在我內在，妳的意念也稍微混進來嘍。我接收了妳散發的能量，或者該說是吸取吧，總之就是那樣的運作方式。所以我才能夠模仿妳的記憶這股靜電電流中表姐的臉孔和聲音。」

這番說明聽得我似懂非懂，我嗯嗯猛點頭。不管理論上是怎樣，總之她的笑容讓我精神振奮。

「這裡在戰前是結核病人的療養院。隨著醫學進步，結核病不再是絕症後，已經變成普通的綜合醫院；但是畢竟這個地方交通不便，所以並沒有維持太久。」

從昭和四十年代初期這棟樓房就空置了十年以上，後來被民間的醫療財團法人買下做為老人醫療機構重新啟用。然而，在時代從昭和轉為平成的前夕，那個醫療財團法人破產，稍微值錢一點的備品和機器都被搬走，只剩下建築物遭到棄置，直到現在。

「這裡現在好像成了有名的鬧鬼景點。」

聽到我這麼說，她點點頭。

「嗯，我知道。從以前到現在的確發生過很多事。啊，或許該說是『出現過』比較正確。」

畢竟是醫院嘛——

「有希望也有絕望。有死期將至的住院病人的家屬滿腦子只想著病人遺產的貪慾，也有捲入意外或犯罪事件不幸死亡的人的遺憾與憤怒。」

各種殘留意念存在，混雜成濃厚的雞尾酒。那就是醫院這個場所。

「所以，直到不久之前為止，在這棟建築中成形的，其實不只是我喔。」

據說也有很邪惡的東西，也有可怕的東西昂首闊步。

「費了我不少力氣，才大致剷除。自從好奇心旺盛的人們闖入這裡來看鬼怪後，吸收了他們的恐懼意念，壞東西變得更有活力了。」

「是妳把他們剷除——打敗了？」

「嗯。那就是我存在的理由。」

如果我沒看錯，她好像有點驕傲地挺起胸膛。

「最早成為我的核心的殘留意念，是結核病療養院時代在這裡工作的院長和護理長。兩人雖然都是在別的地方過世，但是他們曾經抱著強烈的信念在這裡待了很長時間。」

所以，他們的殘留意念，具有積極守護這裡的能量。

「當然，時間久了之後他倆的意念還是會逐漸淡去消失。不過，形成我的那股能量還留著，之後我也不斷吸收想把這裡變成正向場所的人們的意念，一直讓自己成立。」

並且和邪惡的殘留意念對抗，將他們分解。

「說穿了就是靜電嘛。」

說著，她動動雪白的手指，輕撫自己的肩頭。微微發出霹靂啪啦的聲音炸出火花。

「現在，多虧有妳，我也精神百倍了。原本最近都不太能冒出火花了呢。」

這樣定睛一看，她的身體是半透明的，隱約能看見她身後的窗框。我忽然有點悲傷，心頭發緊。

「妳一定累壞了吧。一個人很寂寞吧。」

驀然回神，才發現自己已脫口說出這種話。

「謝謝。妳是個好孩子。」

我們互相安慰似地交換微笑。

「用這種外型那樣出場，嚇到妳真的很抱歉。不過要嚇唬闖入這裡的人趕走他們，還是現在這副樣子最方便。

她摸著長髮，歪頭說：

「我對時間的感覺有點模糊，所以不了解正確情況。那大概已經是二十年前的事吧。闖入這裡找麻煩的那些人的意念中，總是有這個女人的身影。長頭髮白衣服，不知為什麼還爬來爬去。」

由於太多侵入者都有這個造型的意念，所以她就試著模仿了一下，

「結果超有效。或者該說，他們對這個造型驚人地害怕。」

我用力點頭。

「我想，那八成是知名恐怖電影的影響。」

「哎喲，原來是這樣啊。總之效果絕佳，所以我就一直這樣打扮了。結果習慣之後，已經無法再變成其他模樣。」

「妳變成這個模樣之前，是什麼樣子呢？」

「通常是模仿院長，而且是站著走路。」

「據說這裡曾經失火——」

「對，是很久以前的事了，但我那時就已是現在這個模樣。」

聽說是有人縱火。

「對啊，那八成也是來看熱鬧的人吧。不過不是年輕人。是本來應該更懂得分寸的成年人喔。」

他們屢次闖入，拍攝照片和影片，找來號稱有靈能力的女人在建築物內「驅魔除穢」。

「結果最後說要淨化這裡只能一把火燒乾淨，他們就潑汽油點火了。」

她聳聳肩。

「不過，他們在見到我之前，先碰上當時還為數頗多的壞東西四處徘徊，所以他們大概是太害怕了吧。」

「幸好妳平安無事。」

「嗯。因為消防隊和急救隊趕來了，我從他們身上得到正能量。」

聊天的過程中我徹底放下心防，心情變得很放鬆。可是身體卻冷得要命，不時打哆嗦。

「對不起。要是我能替妳的手腕鬆綁就好了。那樣的話，妳就可以摩擦身體取暖了。」

她沒有實體，無法觸摸我。我也無法碰觸她。

「沒關係。」

「現在是因為光線太暗看不見，如果光線亮一點妳肯定會很震驚。妳其實傷得滿重的，也流血了。」

她的聲音很溫柔。

「那個男人，是個壞胚子耶。」

「對。」

「像妳這樣的好孩子，怎麼會和那種傢伙扯上關係？」

我把慶太的事講給她聽。不只是敘述，就像對姊妹淘那樣坦白心跡。說著說著不禁掉眼淚，我舉起還被綁著的雙手擦臉。

「真是千鈞一髮。」

「是我太笨了。」

「幸好妳平安無事。如果妳沒有進入這裡，被帶去別的地方，這時候還不知道遭到什麼下場呢。」

我自己也這麼想，真的是就差一點點。

「外人能夠出入的，只有這扇門。所以雖然讓妳受凍很可憐，但妳還是在這裡待到天亮再走吧。每天早上，警察先生都會來巡邏。到時候妳再出去，向警察求救。」

她說，這棟建築，已經決定馬上就要拆除了。

「好不容易找到新的買主。萬一又有人縱火就麻煩了，所以和警方商量後特地請警察定期巡邏。是上次來調查的那些人說的。」

就算慶太他們真的還在附近打轉，有警察陪著我也比較安心。

「那就聽妳的。謝謝。真的要謝謝妳。」

「不客氣。」

她笑了，湊近看著我的臉。

「小姐，妳也累壞了吧。睡一下吧。等到天亮了我會叫妳起來。」

我的確已精疲力竭。眼皮沉重，渾身僵硬。

「不知能不能睡得著。」
「我唱搖籃曲給妳聽。」
我瞠目。
「搖籃曲？」
「嗯。這裡是綜合醫院，以前有兒童病房，護理長唱給孩子聽的歌我都記得。」
「那就拜託妳了。」
我抱著膝蓋，下巴放在膝頭。閉上眼後，頭上傳來用紗英子表姐的聲音唱的歌。
「忘記了，唱歌的，金絲雀，她～（註）」
歌聲滲入身體。我再次淚眼模糊，眼淚滑落臉頰。
輕飄飄的睡意籠罩。就在即將進入夢鄉的前一秒，我忽然察覺重要的事。
「——這棟建築如果拆除了，那妳怎麼辦？」
疲憊和睡意，令我口齒不清。
「去我該去的地方就是了。謝謝妳替我擔心。」
忘記的～歌～重新想起～
我就這樣昏昏沉沉睡著了。
身體竄過一陣靜電似的電波，我倏然驚醒。

金屬門上的方形小窗，照入清晨的陽光。夜間掛號處的櫃台上，已不見她的身影。

一站起來，手腳關節似乎都會喀喀作響。我靠著門，從小窗窺探外面，只見倒下的鐵絲網外出現一輛警車。逐漸接近。

我使出全身力氣去推門，雖然肩膀幾乎脫臼，總算還是出去了。我踉蹌向前走了幾步，凹凸不平的潮濕地面掉落一張紙。撿起一看，是慶太昨晚塞給我的那張契約書。

警車停下，警察從駕駛座下來。快步接近我。

「小姐妳怎麼了？」

我靠著自己的力量又走了幾步，倒進警察的懷中，被他扶住。

「振作一點。妳還好嗎？」

就這樣，我的「探險」之夜結束了。

被綁架，被推進車子，被強迫在荒謬的契約書上簽名，被搶走皮包。如她所言，我遍體鱗傷。這已經是標準的犯罪、刑事案件了。

我被送去醫院接受治療，爸媽接到通知很快就趕來了。之後是冗長的做筆錄。回到家已經快傍晚了。

慶太他們各自回家或租住的公寓，似乎是被警察分別傳喚。有人老實地接受偵訊，也有人找藉

註：《忘記唱歌的金絲雀》，這首童謠是作詞者西條八十以金絲雀自虐地形容自己的心情。

口想脫罪。
最棘手的，還是慶太。他在警察到訪後，便從家中逃走，就此下落不明。
我爸媽擔心得形容憔悴，而且說來不甘心，我也無法離開家門了。
她的笑容，兩人的交談，她那溫柔的歌聲，都鮮明地留在我心裡。我好想再去一次那間廢棄醫院。我想去見她向她道謝。
我再三懇求母親，請她陪我一起出門，去了花店。起初我本來打算買花束，但是望著玻璃櫥窗中美麗的玫瑰花，我改變主意。只買了一朵那家花店最昂貴的紅玫瑰。
回到家，我把花插在房間桌上那個細長的白花瓶中。
對不起。現在我無法去那裡。不過，我相信只要這樣雙手合十，就能把意念傳達給妳。
那天深夜，彷彿倏然打開開關，我從睡夢中醒來。一看枕邊的時鐘，正好是凌晨兩點。
我從床上坐起，沒有開燈，望向桌上的紅玫瑰。不，是視線被吸引過去。
透過單薄窗帘照進的月光中，紅玫瑰的花瓣散開，一片，又一片，紛紛凋落。在我的注視下全部散落，只剩華貴的香氣。
又過了兩天之後，慶太被發現躲在遠方親戚家，遭到逮捕。
不過，有一則新聞更令我在意。在早報的地方版，我發現一篇簡短的報導。報導說，那家廢棄醫院開始拆除，之後預定建設具有最新設備的老人安養中心。
原來如此。

那是她來道別。她走了，去該去的地方。

——好美的花。謝謝。

不敢當，我才是怎麼道謝都不夠。如果在遙遠的未來某一天，我也到了去該去之處的時候，屆時我們再見面喔。

玫瑰散落丑三刻，出現的是誰。

蒼心

晴朗冬日出遠門，徒步送葬行

「裕子，準備好了沒有？再不出門就來不及了。」

早上九點多，穿著日式喪服的母親來喊我時，我在哥哥的房間，坐在哥哥生前愛用的電腦椅，正在把玩手機。我還在猶豫，是否該聯絡小百合。

我立刻把手機倒扣在桌上，所以母親似乎猜到了我想做什麼。

「省省吧。」

她簡短地這麼說，一邊在意腰帶的鬆緊程度，一邊踩著拖鞋啪啪響地下樓去了。

今天接下來要舉行我哥哥成川俊的喪禮。在市公所前的殯儀館舉行告別式，然後在全家人和喪禮出席者的陪同下，把哥哥的棺木送去四公里外的火葬場。

是按照傳統做法的徒步送葬。戰前好像是把棺木放在拖車上讓馬拉著走，現代則是使用專用交通工具。一人座的小型拖吊車，拖著放棺材附帶四輪的膠囊型靈柩車。為了配合徒步的家族及送葬者的速度，時速大約只有十公里左右。有這種專用車輛的，即使在縣內，好像也只有迄今仍保有這種送葬習慣的本地殯儀館。

一月中旬的週六，天空蔚藍無雲。蕭瑟冬季的枯樹頂端，只有一片浮雲好似撕碎的棉花糖。

哥哥是晴天男孩，從小，不管是遠足還是運動會，從來都沒碰到下雨，令他頗為自豪。短短二十七年就結束的人生。今後，哥哥身為晴天男孩的自豪永遠沒機會被拆台。照理說他應該還有別的事情足以自豪，可是對於相差三歲的我這個妹妹而言，現在想不出來。只是想著今天天氣果然像哥哥一貫自豪的晴朗，一邊把手機扔進黑色皮包。

哥哥過世，是正好一週前的深夜。在距離我家將近一小時車程，通往鄰鎮的山路急轉彎，撞破路旁護欄跌落十二公尺高的崖下。坐在駕駛座卻沒繫安全帶的哥哥，似乎是頸骨折斷幾乎瞬間死亡。

事後警方調查才知道，在這條山路入口的超商，哥哥曾經借用廁所。停車場的監視器拍到，當時他解開安全帶下車，上完廁所回到車上，立刻又綁好安全帶的樣子。

所以，意外發生時沒有綁安全帶，應該是他自己故意這麼做。遺體沒有驗出酒精或安眠藥的成分，意外發生前沒有因其他理由受傷的樣子，也沒有貧血或腦出血之類會失去意識影響開車的病發痕跡。換句話說，這場意外死亡有相當濃厚的自殺嫌疑。

畢竟當時是深夜，接到警方的通知時，爸媽和我，都覺得在做噩夢，我們甚至沒發現哥哥開車出門。

趕到醫院面對哥哥的遺體，看著他失去血色的蒼白臉孔，以及如釋重負的安詳表情，這才終於湧現真實感。

「為什麼這麼性急。」

親戚之間公認「像石雕大象擺設一樣沉默」的父親，冷不防低聲這麼說，於是母親哭了。

我想，我當時應該也流淚了。我記不清楚。只是在心中說，哥哥怎麼可能「性急」。他已經很努力忍到現在了——

從小就是理科頭腦的哥哥，從工專畢業後，得到校方推薦，在本地某精密儀器製造公司找到工作，成為技師預備軍。這是需要耐心的工作，必須不斷吸收新資訊繼續學習，也經常加班，有時假日也有研修或研習會，在旁人看來很辛苦，但他自己對這份工作頗為驕傲，似乎也感到很有意義。在去年任職第六年的新年度，還升任為所屬開發部門的組長。

「雖然部下只有兩人。」

他看起來非常高興。

我不記得看過哥哥發脾氣。也沒見過他大笑的樣子。如果要比喻，他就像平靜無波的海面。他自己也只認識自己平靜無波的一面，或也因此一旦發生擾亂那種平靜的洶湧波濤，才會如此輕易被巨浪吞沒。

小百合是哥哥國中時的同學。她家也在同一區，我們三人當時很要好。身高一六八的小百合是女子排球隊的主將，成績優秀，不分男女朋友眾多，老師也對她另眼相看。能夠和那樣的小百合成為好友，令我倍感驕傲，我想哥哥當時應該也是同樣的心情。

小百合高中就讀的是從家中往返通學的縣立學校，但是上大學時去了東京，畢業後也在那邊找到工作。和留在本地與家人同住的哥哥自然也拉遠了距離。結果前年二月，他們班給班導師慶祝六十大壽順便開同學會，兩人因此重逢了。

然後是十個月左右的交往——搭乘普通車要兩個半小時的車程，算是異地戀吧——到了正月新年小百合返鄉歸來時，兩人就分手了。當時哥哥說「分手了」的樣子，感覺不像有過嚴重的爭執。之後，在炎夏時節，小百合和職場的前輩訂婚了。兩人任職的地方，是電視上也經常播出廣告的外資企業大型保險公司。在本地大家也都耳熟能詳。

拜雞婆的社群軟體所賜，那個喜訊立刻傳入哥哥的耳中。哥哥有好幾天都像罹患病毒性腸胃炎般懨懨地去上班，但是到了週末突然精神抖擻地採取行動。週日一大早就出門去了，到了晚上才被國中時的其他同學（是阿室這個文武雙全的優等生，以前和小百合參加同一個社團）送回來。哥哥的臉像罹患流行性腮腺炎那樣腫到不行，右眼皮破裂，眼角和鼻孔還沾著乾涸硬掉的血塊。

悶熱的夜晚空氣中，阿室滿身大汗，哥哥卻像蕭瑟的幽魂不勝寒冷地縮著肩膀。

「小百合說服她男人，先打電話通知我，所以才沒有鬧到警局。」

阿室說著，伸手按住哥哥的頭頂，用力讓他一鞠躬。

「快向你媽和妹妹道歉。明天等你老爸起床了，道早安之前記得先下跪認錯。你如果留下前科，全家人的人生也會跟著被搞砸吶。」

阿室也是去東京上大學後就直接在那邊就業，乍看之下和本地組在氣質上就已截然不同。說起本地人語尾喜歡帶個「吶」的獨特鄉音很不搭調，想必也已經很久沒這樣用過，現在卻突然冒出口。可見他有多麼心慌意亂。

「這傢伙帶了大型的萬能刀，我先沒收了。阿姨，您別緊張，他沒使用。幸好小百合的男人體格強壯。我想刀子應該是叔叔工作的用具，明天早上我再來歸還。我今晚也在我的老家過夜。」

母親平板的語速極快。

「阿室，謝謝你照顧他。」

說著，拚命一直鞠躬，連站在一旁的我都看得頭暈眼花。

我默默拉著哥哥的手臂，讓他從玄關脫鞋口上來。他自己沒有脫鞋的意思，我只好蹲下替他脫，這時背後走廊傳來吱呀作響的聲音。是父親醒了走過來。

父親沉默地走近呆立如木頭人的哥哥，握緊了拳頭，狠狠揍向他的臉。

這一帶，在送葬時，習慣在棺木周圍用白紙做出無數風車裝飾。這是戰前就有的風俗，以前做風車的據說只限同村的已婚女性。如今當然已經沒有那種規定，葬儀社的人也替我們準備了。

日本各地都用靈車把棺木送往火葬場，家屬和送葬者搭乘包車或巴士迅速移動，為什麼在我們這個地方到現在還要徒步送葬呢？那是因為，打從古代，死者如果是孩童或年輕人，為了祈求「早點投胎轉世回到人間」，在火化之前，會盡可能將與死者有關的場所和風景漂亮的地方都走一遍——有這樣的習俗。而哥哥這次，也是在開始籌備喪禮時，母親率先堅持要遵循這個習俗。

「我想把和小俊有關的地方全部走一遍。」

父親沒什麼意願，他要求徒步前往的只限志願參加的送葬者，而且視天氣而定也必須做好全體改為搭車的備案，在這樣的條件下才勉強同意。

「現在和以前不同，不能給大家增添額外的負擔。」

關於送葬的路線也是，父親斥責動輒想去各種地點巡行的母親，拍板決定了沿著哥哥通勤利用的本地電車「小里線」這條比較好走的路線。不過全程還是有四公里。也就是古代所謂的「一里」，這個距離以成年人的步伐大約要走一個小時，但是在寒冷的北風中穿著禮服步行的送葬者，或許該乘以一點五倍的時間更恰當。小里線經過的是環繞本鎮北部的丘陵地帶的山腳，不管天氣好壞，從山丘吹下的北風都非常冷。所以父親和葬儀社的負責人商量，確保在四公里的途中有兩處休息站兼廁所，也請對方準備暖爐和熱飲。冷漠又厭人的父親，居然設想得這麼周到，令我很意外。

父親素來沉默寡言，工作和興趣也是，比起和大家一起熱鬧，更喜歡獨自埋頭苦幹。父親和哥哥，在這方面非常相似。父親和母親是透過職場上司的介紹相親結婚，父親的妹妹每次親戚聚會，都會拿這個當話題取笑。

「要是沒有雞婆的上司，像我哥這種人絕對結不了婚。」

而且最近她的砲火還波及哥哥。

「小俊，現在時代不一樣了，上司如果隨便提出要幫忙安排相親，會被控告濫用職權干涉部下的私生活。你不可能像你爸爸當初那樣，所以別悶不吭聲的，自己得趕緊找個媳婦。」

就算被那樣大聲揶揄，哥哥還是充耳不聞。我們全家人也都盡量不去在意。雖然哥哥如今身邊一點女人的影子都沒有，但我以為他遲早會像爸爸一樣緣分到了自然就結婚。他是個認真溫柔，有固定正職的普通男人，所以我以為他一定能找到同樣認真溫柔的普通女孩子。

雖然哥哥愛上小百合，但我以為絕不可能因為那場戀愛無法開花結果，只因為那個理由便誤了人生。

徒步送葬的隊伍，包括寺廟的住持，父親母親和我，父母雙方的親戚五、六人，哥哥在職場的前輩和後輩，工專時代的朋友，從小學就認識的近鄰好友，以及義消大隊的夥伴——大約有二十人左右。除了母親和我之外清一色是男性。其他的親戚和送葬者搭乘巴士先去火葬場。那邊由母親那邊的阿姨負責安排。

住持年約四十幾歲氣色還挺紅潤的，身材高肩膀寬，誦經的聲音朗朗響徹四方。

「那麼各位，我們就替成川俊先生送行吧。」

跟在棺木右側，住持一邊唸經一邊邁步走出。被拖吊車拖著，裝棺木的鉛灰色靈柩車猛然晃了一下，紙風車無力地轉動。

父親拿遺照，母親將牌位捧在胸前，走在住持的另一邊。我退到隊伍後面，低著頭，緩緩隨行。

送葬者全都準備齊全，從皮鞋換成球鞋或是穿長靴。母親雖然穿著日式喪服，也從草鞋換成黑底圓點的雪靴。看起來很奇妙。我從一開始就是穿褲裝喪服搭配黑靴，外面罩著黑色羽絨衣。哥哥公司的同事，在出發時一起穿上有公司標誌的防水外套。消防隊的人也穿著同款防寒衣和帽子，跟在送葬隊伍的前後。

誦經的同時，住持還不時敲響拎著的鐘。在建築物內聽來很金屬的音色，到了戶外再一聽，竟然像是奇特的鳥鳴聲令我深感不可思議。

起初經過的，是小里線的「寺澤車站」。這條本地鐵路是居民生活的代步工具，運行班次也還算不少，奇蹟地沒有出現赤字。不過似乎為了節省成本費盡苦心，只有終點有車庫的那一站才有站務員常駐。其他的都是無人車站。

可是今天情況有點不同。我們走向連站前圓環都稱不上的迷你半圓形廣場時，只見車站月台停靠著米色電車，看起來不像要發車。鐵路公司的緊急車輛閃爍黃燈，停在鐵軌旁。兩三名穿著作業服的工人在鐵軌上四處走動，月台上有穿制服的站務員。

「出了什麼事嗎？」

父親那邊最年長的堂哥，脫離我們的隊伍走向車站剪票口。年紀相差頗大，又任職貿易公司有過海外生活經驗的堂哥，是我和哥哥都不熟悉的親戚。今天我也沒想到他竟然會跟著來送葬。

堂哥和月台的站務員簡短對話後，很快就回到我們這邊。

「有動物闖入鐵軌，好像咬壞了電纜，據說三十分鐘前就開始停電了。」

現在已過上午十一點。葬禮也有人是搭乘這個小里線前來。幸好不是今早停電。

「對了，成川以前也說過，從通勤電車上經常看見野狸。」

哥哥的同事說。旁邊身材矮小的人也點頭。

「野狸和浣熊還有白鼻心都有，他還給我們看過照片。」

某個親戚接腔說，有些季節連鹿也會來喔。

月台的站務員察覺我們是送葬的隊伍後，朝這邊行了一個禮。我們也回禮，再次邁步。站務員敬禮目送我們。

半圓形廣場上，排放著幾張油漆剝落的長椅。或許是停擺的電車上的乘客，只見幾個穿冬裝拎皮包的人無所事事地坐在那裡，有的玩手機，也有人喝保特瓶飲料，或是曬太陽。有人好奇地望著我們的送葬隊伍，也有人刻意撇開目光。

廣場邊緣，是一排圓形的杜鵑植栽。其間孤零零站著一個女孩，睜圓了眼凝視我們的隊伍。說她是高中生——應該還不到吧。大概是國中二、三年級。圓形的短髮，格子圍巾，深藍色雙排扣大衣，背後似乎背著背包。長度在膝上的百褶裙下，是側邊有兩條線的運動褲。腳上是五彩繽紛的籃球鞋。

北風滑落車站的屋頂，席捲半圓形廣場呼嘯而過。女孩筆直的齊劉海被吹亂，露出額頭。我和女孩四目相接，我默默行禮，女孩回以深深一鞠躬。

等我們抵達下一個無人車站，電車似乎依然停擺，剪票口豎立「停駛中」的牌子。平時沒有站務員，所以大概是某人匆忙趕來擺出牌子，等電車恢復行駛再匆忙趕來收牌子吧。

沿路和本地的汽車及行人錯身而過。領頭的義消隊員舉著旗幟，晃動燈光示意，所以沒有發生問題。本地的計程車停靠在路肩等待我們通過。司機還特地下車，摘下帽子鞠躬致意令我很驚訝。

從第二個無人車站再走五百公尺，是本地果園共同經營的水果直營店。第一個休息點就是那裡的停車場。已經走到隊伍很前面的義消隊員又折回來，招呼我們：

「各位，前面不遠處就有廁所和休息處。」

此人以前和哥哥念同一所工專比他高兩個年級，和哥哥這個義消大隊的幽靈隊員不同，他是本地的副隊長。

說個有點久的話題，這位副隊長曾經追求過我。我覺得個性絕對合不來所以拒絕了，但他似乎以為我是害羞，後來還試圖溫水煮青蛙地慢慢拉近距離搞得我很煩。

現在副隊長也對我格外溫柔地出聲問道：

「小裕，妳還好嗎？不冷嗎？」

我默默點頭致意。或許是想就此和我並肩同行，副隊長走過來。我若無其事地轉頭，退到後方。我打算藉著那個動作離開現在的位置。

結果，剛才在第一個車站見到的女孩身影倏然映入眼簾。她和我們的隊伍保持十公尺的距離，一路跟在後面。

女孩也察覺被我發現了。步伐一亂，就此止步。

真可憐，女孩大概是因為電車停駛，打算徒步前往目的地。這條路幾乎所有區間都是和鐵軌並行，所以只要這樣走就不會迷路，而且一旦電車恢復行駛也能立刻知道。

不過她一定很冷，也很不安吧。我保持轉身時的氣勢大步走過去，縮短和女孩的距離。女孩再次瞪大雙眼，雖然沒有後退，卻縮起下巴渾身都僵硬了。

「電車停駛，真倒霉。」

我露出笑容對她說：

「妳要去哪裡？如妳所見，我們正在舉行喪禮。為了徒步送葬的人，前面準備了休息站。有熱飲，也有廁所，不嫌棄的話就一起去休息一下。」

女孩彷彿被邪惡的妖精偷走舌頭似地緊閉著嘴，眨眨眼後說：

「不、不好意思。」

北風呼嘯，她的臉頰凍得通紅。剛才還沒發現，她的雙手戴著看似手工編織的桃紅色手套。不是粉紅色，是桃紅色。很適合她。

「請節哀順變。」

她併攏雙腿，規規矩矩地鞠躬。我很感動。也同樣併攏雙腿，立正回禮。

「謝謝妳。」

抬起頭時，冷風刺痛眼睛。淚水濡濕眼角。不是我自己要流淚。只是北風液化。近距離一看，女孩也同樣雙眼含淚。

休息站裡，果園的人們正等著向我們弔唁。他們和我們一家並沒有私人交情，卻如此溫馨地關懷。湊巧去直營店買東西的人，察覺我們在送葬後也對我們雙手合十。

或許是混在其中不顯眼，陌生的女孩跟我在一起，喝了甘酒（註），也圍著煤油暖爐取暖，始終沒有任何人有什麼意見。而我的父親和母親，並肩坐在暖爐旁的高腳凳，雖然行程才走了一半，已經精疲力盡地垮下肩膀。

「但願電車早點行駛就好了。妳要去哪裡？」

呼呼吹著熱甘酒，我再次詢問桃紅色手套的女孩。

打從一開始我就猜到，她應該不是本地的孩子。沒什麼理由，只是直覺，但也不會因此就覺得怎樣。

只不過來到這裡的路上，我看到她背後的背包蓋子上印有校名。是縣政府所在地最有名的縣立中高一貫制學校。女孩如果就住在學校附近，那她要來此地，必須搭乘行駛國道的長距離路線公車一小時之久。我們從第一個車站前離開是十一點多，所以女孩至少早上九點左右就已出門，買了長距離公車的車票。

對於我的詢問，女孩將甘酒含在口中滾動，並未立刻回答。

我說：

「妳在這邊有親戚，或是有朋友嗎？」

註：日本傳統的甜飲料，以白米發酵而成，雖稱爲甘酒但不含酒精。

我知道妳是遠道而來喔。我在這樣暗示。我想，女孩應該也聽懂了我的暗示。

「……我要去鳴瀧。」

那是小里線的終點，有車庫和鐵路局建築的鳴瀧車站。那個地方比我們這裡更熱鬧。

「有親戚住在那裡。」

女孩的唇角，粘著甘酒的渣滓。

「有要好的表姊妹，我要去找她。」

我輕快地回應「是嗎」。

或許太輕快了。女孩似乎解釋為我並不相信，

「不是離家出走。」她語速極快地補上這句。眼神焦慮。

「啊，我沒那樣想啦，別擔心。」

我用指尖抹拭自己的嘴唇。女孩也跟著做出同樣的動作。甘酒的渣滓抹掉了。

「我們要從鳴瀧前五站的久山站去火葬場那邊。所以雖然只能同行一段路，但不如一起走吧。

一個女孩子獨自在陌生的地方走路有點危險。」

「好。那就麻煩你們了。」

「希望抵達久山之前，電車就能行駛了。」

「是。」

我們一起上過廁所後，又跟在送葬隊伍的最後方。

一旦開始走路，陌生女孩的存在似乎畢竟還是很惹眼，周遭的送葬者開始不時往這邊瞄了一眼又一眼。最後，又是副隊長從隊伍前方逆著人流走來，

「小裕，這個小妹妹是誰？媽媽他們很好奇喔。」

為什麼副隊長會喊我母親「媽媽」？這種場合應該喊「伯母」或者「小裕的媽媽」才對吧。重點是，基本上我也不記得跟你有熟到可以對我直呼「小裕」。

「小里線停駛，她說要走路去鳴瀧。我看她一個小女孩太可憐了，所以想陪她一起走。」

我一口氣說完，然後又不給他說話機會地繼續說：

「因為我哥生前就不是那種會見死不救的人。我想他應該不會生氣。」

副隊長連忙堆出殷勤的笑容。

「當然，小裕說得沒錯。小妹妹，妳就跟我們一起走吧。」

女孩鄭重地說「謝謝您」。之後，她和我都沒有再看副隊長一眼。我們默默並肩繼續走路，直到副隊長死心地回到隊伍前方。

過了一會。

「——是妳哥哥嗎？」

女孩小聲問。

「剛才那個人不是我哥喔。」

「不是，我是說過世的人。」

「啊，妳說那個。嗯，是我哥。」

我覺得這樣好像話只說一半，

「得年二十七歲。」我又補充。

「在妳看來想必已充分是個大叔，但他其實還很年輕。」

女孩抬起臉，望向前方緩緩前進的鉛灰色靈柩車。風會刺痛眼所以瞇著眼。

這樣遠眺，看似不堪一擊的紙風車圍繞的靈柩車，很像市公所或縣政府的前庭擺飾的那種意味不明的雕塑品的親戚。或許反而是直接拉著棺木會更像送葬吧。

「他得了絕症嗎？」

女孩詢問後，慌忙又補充道：

「對不起，如果方便回答的話。」

真是個有禮貌的好孩子。一定是父母教得好吧，這麼想的瞬間，我忽然想起那樣死去的哥哥，生前也曾一再被人誇獎，

——被這麼好的父母教養長大，變得很出色呢。

心情不禁變得苦澀。

「是發生意外。」

我一邊吐氣，一邊說：

「他深夜開車，好像車速過快。」

女孩垂眼，惶恐地小聲說「對不起」。其實她根本沒必要道歉，但不知怎的我居然也回了一句「沒關係」，之後直到下一個休息站為止只是沉默地繼續步行。

下一個休息站是超市的停車場，店裡的人特地搭了帳篷，還放了兩台吹出暖風的大型暖爐等候我們。

我走過去正想喊父母，只見母親把牌位交給親戚，自己去上廁所，父親不知怎的左眼不停流淚。

「路上好像有什麼東西進了眼睛。」

我從皮包取出眼藥水，在父親身旁站了一會觀察情況。之後回到女孩那邊一看，她正在和哥哥公司那些穿著防水外套的同事說話。正確說來，是被公司那群男人問東問西正在為難。

「因為電車停駛了——」

我正想解釋，哥哥公司那群男同事之中，有個身材矮胖滿臉痘疤的年輕人，突然莫名激動地上前一步。

「不是啦，妹妹！這個女生，是今年第一天上班的早上，靠成川前輩幫忙擺脫色狼的國中生吶！」

他的語氣不容分說，而且還口沫橫飛。若是平時我一定會毒辣地回嗆，但是現在首先冒出的是驚訝。

「第一天上班時，還發生過那種事？」

其他男同事似乎也不知情，一臉困惑。用力的只有矮胖的痘疤哥。

「我那時剛好在同一節車廂，所以全部看見了。」

根據他的說法，哥哥在擁擠的車內保護遇上色狼已經嚇哭的小女生，拽著色狼摸女生的那隻手舉起來，冷靜地放話說：

——你下一站就給我下車。

「可是，抵達車站後車門一開那傢伙就溜了……是個又禿又胖的油膩中年人。」

受害的國中女生很害羞，不想通知站務員，據說當場就走了。

我看著桃紅色手套的女孩。她眨眨眼，把背在背後的包包挪到身前，向矮胖的痘疤哥展示背包蓋子。

「我是這間學校的學生。今天是第一次來這個城鎮，也是第一次搭乘小里線。」

她說，你認錯人了。

矮胖的痘疤哥臉上倏然失去血色，痘疤變得更加醒目。其他男同事都尷尬地和他拉開距離。

「可是，前輩是正義使者這點總沒錯吧。被他幫助的女生，肯定一輩子都忘不了。」

矮胖的痘疤哥委屈地撇著嘴角，彷彿變成倔強的國中男生。

「——他是很好的前輩。」

說完，他也離開了我們。

桃紅色手套的女孩把背包重新背到身後，對我說：

「妳哥哥很棒。」

這時，大夥喊著要出發，我得以迴避回答。我把手輕放在女孩的背包後方，一起從超市的停車場走出去。

火葬場要從久山車站北邊的山丘再往上走五十公尺左右。雖然坡度徐緩，對於早已走累的父母或許還是太吃力，我有點擔心。

或許該叫輛計程車比較好。我一邊思考一邊走在隊伍後方，小里線只有兩節車廂的電車忽然像要追過我們般空咚空咚地駛來，可以看到它停在久山車站的月台。

「啊，恢復行駛了。」

咬壞電纜的野狸或浣熊或白鼻心不知怎樣了。

「太好了。電車大約三十分鐘一班，所以妳得等下一班車，不過車站有候車室。」

我和女孩說話時，副隊長再次展現拿手的逆向行駛走過來，對我們笑著說：

「太好了。否則徒步走到鳴瀧太辛苦了。」

「是。謝謝你們照顧。」

事到如今我再次感嘆，這孩子真是懂事的孩子。回想國中小女生時的自己，簡直不能比。

副隊長撐大鼻孔驕傲地對我說：

「小裕，老人家已經挺累的，我把我家的車子叫來了。拿去用吧。」

現在和以前都不是好孩子的我，只冷淡說了一聲「是喔，謝謝」，就催著女孩離開送葬隊伍。

「去車站的話，要走這邊的階梯上去。」

那是平凡無奇的水泥階梯。裴哥哥棺木的靈柩車經過階梯前，在前方不遠處右轉，走上通往火葬場的坡道。

階梯四面都沒有遮蔽物，我和女孩再次被北風吹得兩眼淚汪汪。

「謝謝你們的甘酒。」

「不客氣。路上小心。」

「好。」

「往鳴瀧方向的車，要去對面的月台搭乘。如果在這邊的月台上車，會回到寺澤車站。」

「我知道了。」

看著女孩買好車票穿過剪票口，我這才走下階梯。送葬隊伍在坡下停止，似乎是副隊長叫來的「我家的車」，是一輛老舊的小貨卡，我的父母上了車。

我停在階梯下。

手伸進皮包，取出手機。訊號有三格。電也是事先充滿的。

打電話給小百合吧。

這時，喇叭聲短促地連響兩下。在寒冬正午清澈的空氣中，聽來響亮得嚇人。我驀然回神。

老舊的小貨卡開始爬坡。送葬隊伍也跟在後面動了起來。鉛灰色靈柩車反射冬陽。風車轉呀轉。

馬上就到了。我收起手機，邁步走出。

火葬場幾年前剛剛重建，到處都還是嶄新的。

把哥哥的棺材送進爐子，聽著住持誦經一邊合掌膜拜，我們回到休息室。在這個散發新建材氣息的明亮房間，忙著送茶倒啤酒四處敬酒，

「辛苦了。」

「謝謝您特地前來。」

「很冷吧。請喝點熱茶。」

「啤酒夠嗎？比起喝茶還是咖啡比較好吧？要不我去問問負責人？」

我努力扮演機靈的妹妹，不停邊說話邊服務。

「小裕，妳也走累了吧。坐下來休息一會。」

一直和住持聊得很熱絡父親那邊的大伯父（最年長，已經九十歲），忽然想起似地慰勞我，我趁機對坐在遺照和牌位旁的父母說：

「我去洗手間。」

「裕子，妳剛才提到咖啡，是吧。」

母親的氣色好多了。果然是路上太冷吧。休息室很暖和，父親有點睏倦。
「嗯。要幫妳拿一杯？」
「我想給小俊。他愛喝咖啡勝過啤酒。」
哥哥的遺照前，供奉著一杯已經沒有泡沫的啤酒。
「知道了。」
我走出休息室，向在場的女職員要咖啡。然後直接朝洗手間走去。洗手間有很大的標示，所以不可能找錯地方。我沒有放慢腳步，過門不入。
今天的火葬場很清閒，除了我家只有另一名死者要火化。對方的休息室在建築物另一頭。走廊不見人影。
我回到正面出入口的大廳。大廳放著休息用的整組氣派沙發，據說是本地木材業者捐贈的巨木桌子有著鮮明的木紋，坐鎮在室內。
大廳前方是整面玻璃，可將外面的停車場和下車處、穿過灌木叢和樹林之間的步道一覽無遺。
我在那裡從皮包掏出手機。
只剩一格訊號。此刻，完全消失。山丘上的電波太微弱。
去停車場試試看吧。陽光普照，甚至令人眼花。就算不穿外套大概也沒關係。反正只是打幾分鐘電話。
我抓著手機，走到戶外。外面空氣很冷，寒風從側面橫掃而來。停車場有兩輛小巴和兩輛出租車。送我父母過來的小貨卡沒停在這裡。

還是只有一格訊號。之前在通往久山車站的階梯那邊看的時候明明有三格。如果想說的話還沒說完就中途斷訊未免太討厭。還是走下坡道試試看吧——

我快步穿過步道，站在坡頂時，俯瞰久山車站的月台，赫然發現桃紅色手套格子圍巾的女孩身影。她坐在月台的長椅，面對這邊，像個舶來品洋娃娃。

「妳在這幹麼？」

面對氣喘吁吁詢問的我，女孩也反問：

「妳怎麼了？」

「還能怎麼了……我哥現在在火化。」

我說，所以在等他燒完。

女孩聽了點點頭。

「我也打算目送妳哥哥之後就回去。」

她說，她一直坐在那裡看著。然後，伸出戴著桃紅色手套的手指，指向坡上的火葬場建築。

「那個方形的突起，就是煙囪吧。之前在超市的休息站有人提到那個，我聽到了。據說是最新型的裝置，就算有煙，也和以前不同，會被濾網淨化，變得像潔白的水蒸氣一樣。」

等那個冉冉升起，就知道是哥哥升天了。

我湊近凝視女孩的大眼睛。

「妳幹麼要替我哥送行？」

區區一杯甘酒，應該不用那麼感激吧。

女孩的眼眸游移。桃紅色手套包覆的手指，不安地動來動去。

「……其實，我不是要去親戚家。」

也沒有要好的表姊妹要探訪。

「鳴瀧那邊，本來住著我爸爸。上個月，他死了。」

女孩的父母，在她上幼稚園時就離婚了。女孩由母親撫養，父親和導致婚姻破裂的外遇對象再婚，建立新的家庭。

「我家只有媽媽和我相依為命，媽媽努力工作養活我。爸爸那邊，和再婚對象生了三個孩子，好像過得還滿幸福的。」

去年，據說發現罹患難纏的重病，和病魔格鬥不幸失敗，上個月初過世了。

「我接到通知，可是媽媽說我不用參加喪禮沒關係。」

女孩當時也覺得那樣是對的。反正已經是毫無關係的人。

「因為媽媽和我是被拋棄的人。贍養費被砍價，養育費更是幾乎一毛也沒拿到，媽媽一直很生氣。」

那種人的喪禮，憑什麼非去參加不可？

可是，隨著日子一天天過去，或許還是該去鄭重道個別的念頭開始不斷在腦海盤旋。那是自己也無法控制的感情，就像打噴嚏或打嗝一樣無法壓抑。

她找最要好的朋友商量。

——如果是我，會去參加喪禮。因為那是我唯一的親生父親。

「雖然媽媽跟他離婚後已經毫不相干，可是我是女兒。和他是父女。」

哪怕是再怎麼自私薄情的父親，哪怕是連那一丁點養育費都不肯付，不負責任的父親。

「可是在媽媽面前，那種話我說不出口。」

那當然說不出口。我點點頭。和女孩並肩在月台的長椅坐下，垂眼看著上下成套的廉價喪服的腿部。

開往寺澤車站方向的這邊月台，只有我們兩人。往鳴瀧方向的對面月台，零零星星散布人影。即使在小里線，也是上下車乘客最少的車站，所以火葬場才會設在這裡。

「所以……我本來想去爸爸生前的家，好歹給他上一炷香。」

今天社團休息，但她騙母親說社團要練習，一大早就出門了。

「籃球隊？」

「是的。看得出來？」

「看鞋子就知道了。」

開往鳴瀧方向的電車來了，將散落月台的人們集合，又走了。

這邊的月台曬不到太陽，所以身體逐漸發冷，我用雙臂環抱自己的身體。

「一個人大老遠來這種地方，不害怕嗎？」

完全不會，女孩的大眼睛滴溜一轉如此回答。在北風中轉動的風車。弔唁死者的白色和紙。尚不知世間污濁的眼白。

「只要估狗一下，立刻就能看到地圖。」

「嗯。喪禮的通知是傳真過來的，上面也寫了他家的地址，所以一路過來都不會迷路。」

不過，小里線實在是太鄉下太鄉下了，所以忍不住想笑。

「而且鐵軌還有野狸闖入，電車還停駛。」

「這麼鄉下真是抱歉。」

我笑了。女孩也笑了。我察覺這是我倆第一次一起笑。

「站務員說停電導致暫時動不了，而且從車站一走出去，就遇上妳哥哥的送葬隊伍。」

遇上了，鞠躬目送隊伍遠去，通常到此就結束了，可妳為何卻跟來了呢？

「總覺得……我也不知道。」

不只是「不知道」，是要訴諸言辭時變得不知道。無法掌握，讓它逃走了。

「我從這裡替妳哥哥送行後，就要回家了。」

鳴瀧那邊，已經不去也沒關係了。女孩小聲這麼說：

「如果我真的去了，會一直覺得對不起媽媽還得隱瞞事實，所以幸好不去也沒關係了。」

說著，她真的像卸下重擔那樣長吁一口氣。

「這都是拜妳哥哥所賜。他果然是幫助國中女生的正義使者。」

帶著女孩甜蜜氣息的這句話，動搖了我。

自從哥哥死後，一直壓在身體底層的念頭，被拔掉栓塞，盤旋著漩渦湧現。就像洗衣機運轉時那樣的漩渦。

我哼了一聲，抬起臉。沒看女孩的臉，盯著月台地上的點字磚說道：

「我哥對以前的同班女同學癡心單戀，告白遭到拒絕後也無法死心，甚至做出像跟蹤狂的舉動，最後還在那個女人面前大鬧一場揚言要自殺被別的朋友阻止，他對那樣丟臉沒出息的自己也感到厭煩，最後真的自殺死掉了。」

這些內情，是哥哥死後我才知道的。小百合那邊透過阿室表達哀悼，做出像是道歉又像是辯解或抗議的說明，所以實際上哥哥和小百合到底是什麼關係，我們一家人其實都知道最露骨的真相。

兩人在恩師的六十大壽慶祝會重逢是真的。但是接下來，哥哥對我們說過的那些話，雖然不是百分之百的謊言，卻也大幅扭曲了事實。

哥哥和小百合，哪怕只是短短的十個月也沒交往過。哥哥向小百合告白時，小百合就已有論及婚嫁的男友。也就是後來的未婚夫。所以小百合當時斷然拒絕了哥哥的追求，可是——

只要能做朋友就好。

哥哥這麼說著死纏不放。然後，每天用簡訊和LINE頻繁聯絡，還緊盯著社群軟體，假日沒有事先通知就突然去小百合的住處，甚至跟蹤出門約會或買東西的小百合。

——請你別再這樣了。我無法和你交往。

即使小百合一再拒絕，據說哥哥還是安穩地笑著，翻來覆去只有一句話。

——我說過了，做朋友就好。

哥哥向我們全家報告已和小百合「分手」時，其實是忍無可忍的小百合男友出面，和哥哥私下談判，哥哥被對方合情合理的說詞徹底擊倒，寫下「今後再也不接近小百合」的誓約書。

要是那樣就此打住就好了。難堪的失戀傷痕遲早也會痊癒。哥哥自己，想必也是因為刻骨銘心地知道毫無希望，才會乖乖寫下誓約書。把脫軌的車廂扶正，重新啟動上路就行了。就算走得慢吞吞，過去也會一點一點逐漸遠去。

這份愛戀不可能有結果。不能不顧他人這麼自私。放棄吧，放棄吧，放棄吧。

然而，得知小百合和那個男友終於訂婚時，哥哥這次真的脫軌翻車了。

當晚，接到小百合的通知趕去的阿室，以為哥哥揮舞著大型萬能刀，是在威脅小百合。但是事實並非如此，哥哥用「最後再見一次面就好」為由把小百合叫出來，當著她的面企圖割頸自殺。

總之不管是哪一種，顯然都是愚蠢的舉動。

哥哥被父親揍得門牙斷裂，血滴在玄關的脫鞋口，但他沒有哭，沒有呻吟，就像石雕小象那樣沉默。之後過了秋天，迎來冬天，過完年開始下雪，直到連人帶車翻落山崖自殺身亡那一刻，哥哥腦中到底在想些什麼，心頭鬱積著什麼樣的情感，我們都不了解。

雖然他已經努力熬到現在，但他累了。已經無法再扶正這節車廂重新行駛。回不去陷入無望愛戀之前那個正常的自己。

可是。

——他居然在上班第一天，幫助國中女生趕走了色狼。

我更加用力地緊緊抱住自己的身體。

「他是個好哥哥。」

身旁，桃紅色手套的女孩點點頭。我鼓起勇氣吐露。

「雖然很笨。笨得無藥可救。我哥哥是，妳爸爸也是。」

讓哥哥那樣淪為笨蛋的小百合，我恨她。

「今天，我本來想打電話給她。」

——我哥已經進棺材了。現在正在火葬場火化。他再也不會讓妳困擾了。請安心過妳的幸福生活。

我只想跟她說這幾句話。

「多虧有妳，讓我沒有打那麼討人厭的電話。謝謝。」

女孩再次點頭鞠躬，分不清是眼淚還是鼻水，落下一滴清澈的水滴。

她忽然「啊」地叫了出來。

「冒白煙了。」

桃紅色手套的食指，指著火葬場的方形突起。她沒說我都不知道，那居然是煙囪。

從那種地方，哥哥去了天堂。應該是天堂吧？不是地獄吧？已經受到足夠的懲罰了。他已經拿命去抵了。就連善事，他也做過。

月台的鈴聲響起。告示板的牌子啪啪掀動，通知乘客開往寺澤方向的電車即將抵達。

我們從長椅起身。米色電車停下。車內空蕩蕩的，沒有人下車。女孩上車。

「再見。」

我揮手。車門關閉，遠去的車內，就像起初四目相接時那樣，女孩深深一鞠躬。明知對方已聽不見聲音，直到那一刻，我才察覺彼此一直沒有報上姓名。

電車駛離後，恢復靜謐。月台上，只有我一人。火葬場煙囪冒出的白煙，已然消失。

冬日晴天出遠門，徒步送葬行。　青賀

吃同樣的飯與菜，春日天晴朗

「真的是很漂亮的地方。果然，有本地人指點就是不一樣。」

「這都要歸功於迷路。」

「如果要這樣說，那應該歸功於我這個路痴。」

「不會看地圖這點，妳從學生時代就沒變。」

「我生下千香後，吃東西的喜好不是變了嗎？要是能順便把路痴也治好就好了。」

「那和這個完全是兩碼事。換我來抱吧。千香已經完全睡著了，一定很重吧。」

「走到那個展望台的地方再換手。不過，她居然在這個時候睡著。」

「一上車就熟睡，這是遺傳了我的體質。我以前遠足搭公車時也是呼呼大睡。」

「真是厲害的遺傳。不知她會不會馬上就醒。我還想讓她看這片景色呢。這可是二十一世紀最初的春天景色。」

「三歲以前不會留下記憶。」

「就算千香忘了，我們也會記得，曾經給千香看過這個景色。」

「明年不知千香是否也能吃那個油菜花的天婦羅。」

「油菜花有點苦，是成年人專用。倒是你，怎麼說來說去都是吃的。」

「雖然吃過燙油菜花，但是油菜花天婦羅還是第一次吃到。搞不好比楤木芽更合我胃口。」

「小鍋炊飯也很好吃。那間店，也是多虧迷路才發現的寶藏美食。」

「嗯，下次再來吧。」

「爸爸，天婦羅很好吃耶。」

「對吧，好吃吧。老婆，千香的味覺果然很成熟。才五歲就懂得油菜花天婦羅的美味。」

「千香只是愛吃天婦羅而已。燙油菜花不是就不肯吃。」

「茶碗蒸我也愛吃。」

「那家的茶碗蒸很大碗吧。千香，馬上就到展望台嘍。」

「這條路，什麼時候鋪設水泥了。上次我們來的時候，感覺還像野獸走的小徑。」

「是啊。不過，周遭的油菜花田一點也沒變真是太好了。」

「小鍋炊飯的味道也沒變。」

「爸爸老是說吃的。」

「千香，要走上展望台喔。走樓梯危險，爸爸抱妳。」

「我可以走樓梯。」

「那妳跟媽媽手牽手。一階、兩階、三階，好，到了！」

「哇～好高～好漂亮～」

「油菜花和桃花，還有藍天和白雲！」

「有黃色粉紅色還有藍色和白色。」

「欄杆生鏽了。老婆，妳要注意千香的手。」

「好好好。老公你也過來這邊看。」

「等一下。來，妳倆都看我這邊。我用立可拍拍照寄給爺爺奶奶。」

「啊！等一下。」

「幹麼？」

「這個展望台，我希望是只屬於我們一家的祕密。」

「為什麼？」

「該怎麼說……」

「啊，我懂了。」

「對不起。」

「不，沒關係。尤其是今天，老爸老媽說了那種話，不只是對妳，對岳父岳母也很失禮。」

「討厭，我才沒有為了那種事生氣。孫女的書包，哪一邊的祖父母買都無所謂。我爸媽肯定也不在意。只是，我希望把這裡當作我們一家的祕密花園。」

「還有美味的小鍋炊飯。」

「油菜花天婦羅和燙油菜花也是。」

「爸爸，媽媽，那邊有電車經過。」

「真的耶。不知是特快車還是新幹線。速度好快。」

「咦，前方禁止車輛通行。」

「是因為這裡蓋了停車場吧？展望台好像也被漂亮地重新粉刷過。」

「真的耶。顏色又變得很鮮豔。我們上次來是什麼時候？」

「千香五歲的時候。已經過了三年了。」

「我不記得耶，媽媽。」

「小鍋炊飯和油菜花天婦羅的餐館妳總記得吧？」

「有很大的茶碗蒸。」

「價錢也一直沒變真是太厲害了。爸爸媽媽從妳還沒出生前就來光顧了。」

「雖然很想更頻繁地前來，可是專程來這一個地方，有點不方便。」

「沒關係。對我來說，這是來婆家時唯一的樂趣……呃，抱歉。我不該那樣說。尤其是今天——」

「沒關係。就算是老爸一週年忌日，也沒什麼特別的。」

「千香，別跑那麼快。小心腳下！」

「好～！」

「法事順利做完，我也鬆了一口氣。之前喪禮時，就是被田崎的叔叔和嬸嬸指揮得團團轉。」

「今天他倆都很安分。」

「好像是因為那之後被我哥警告過了。有老媽和哥哥和我在，叔叔夫妻別想拿到老爸的遺產一毛錢。」

「田崎的嬸嬸，我記得是叔叔的續絃？」

「對啊。嚴格說來，她年紀和叔叔差很大反而和妳更接近。」

「哇！太過分了。我才三十四歲呢。」

「田崎的嬸嬸四十三歲。」

「啊，就她那樣？震驚。太震驚！炊飯都快吐出來了。」

「拜託千萬不要。」

「爸爸，媽媽，快點快點。」

「馬上就來～」

「……我希望妳不要生氣先聽我說。」

「突然間又怎麼了？」

「萬一，我是說萬一真的出了事，我在考慮三人搬回這裡，知美妳會反對嗎？」

「三人是誰和誰？」

「我和妳和千香。」
「萬一出事，是什麼事？」
「換句話說——」
「你不擺出那種臉就說不出來？」
「如果看過新聞，應該猜得到吧。」
「……啊？」
「這次雷曼風暴，我們公司也元氣大傷。我們這一輩的人數多，所以說不定會成為裁員的對象。」
「……你嗎？」
「當然不只是我。」
「到時候，你不想在東京另找工作，打算返鄉？你打算讓哥哥的公司收留你？」
「耕作機器那方面，我完全不了解。」
「可是，你說要搬回來，就是那個意思吧？難不成，你有其他的工作選擇？」
「沒有。」
「……」
「老爸死了，老媽意志消沉，變得那樣畏畏縮縮。今後將是哥哥和大嫂的天下。哥哥值得信任，妳和大嫂好像也挺合得來的，所以我想比起老爸耍威風的時候應該會好太多。」

「……」

「妳別那種臉色嘛。」

「你如果被裁員了，我也要辭去兼職找個全職的工作。我不想離開現在的公寓。如果和我爸媽商量，應該能得到一點資助。」

「……」

「你不要擺出那種表情。」

「爸爸，媽媽，超級超級超級漂亮喔。你們快點過來看！」

「啊，太好了。從這裡眺望的景觀都沒變。」

「三年沒來了吧。去年那種狀況，實在不可能前來。」

「小鍋炊飯的店也平安無事真是太好了。茶碗蒸還是一樣大碗。」

「不過，老闆娘雖然氣色不錯，老闆卻好像有點消瘦？」

「那是因為據說大地震後，幾乎都無法營業。聽說客人直到最近才重新上門。」

「是喔……對了，寺廟也是，聽說很多墓碑傾倒慘不忍睹。和那間餐館是在同一條縣道旁吧。」

「我先過去了。我想在展望台正面欄杆的地方看望遠鏡。」

「小心走喔。」

「好～」

「寺廟的事情，妳是聽我老媽說的？」

「不，是大嫂。她說娘家那邊有陣子很麻煩，所以無暇顧及這邊的寺廟。」

「那當然。大嫂的娘家，幾乎都被海嘯沖走了。」

「她說大家平安無事就好。狗也是，據說是隔壁鄰居太太帶著逃出來的。啊，難怪，大嫂都已經那樣焦頭爛額了，媽還說為什麼不來我們家供奉的寺院做義務勞動，聽說大發雷霆呢。」

「媽年紀大了，根本搞不清楚狀況。」

「就算是一般家庭主婦去幫忙，也扶不起墓碑吧。媽卻埋怨大嫂為什麼不去，如果有檀家（註）的聚會太丟臉了，聽說每天都在嘀嘀咕咕不停抱怨。」

「……我不是說了，她年紀大了嘛。」

「這麼說對大嫂很抱歉，但我真的很慶幸自己不住在這裡。你順利找到新工作，真是太好了。」

「千香會聽見，別說了。」

「我可沒忘記，那時聽到你突然說要搬回來老家。」

「結果不是在被裁員之前就順利找到新工作了嗎。」

「那是因為我極力反對吧。當時如果我稍微妥協了，這時候八成已經在你的老家旁邊蓋起粗製濫造的房子，由我代替大嫂去寺院幫忙整理了。」

「實際上並沒有變成那樣，所以不就好了嗎？」

「那是因為我努力讓事情不變成那樣。千香，從上面眺望的景色如何？」

「從這裡看的話，可以三百六十度一覽無遺。關東平野果然是平坦的。看，那邊很像粉紅色地毯的地方，開的是什麼花？」

「桃花吧。」

「怎麼可能。那是芝櫻吧。不，或許是紫羅蘭。」

「以前就是那樣嗎？我怎麼記得原先只是一片雜樹林。」

「應該是開墾之後變成花田吧。這個展望台，已經變得滿有名了。是內行人都知道的賞花知名景點喔。」

「小正說，在推特上看過照片。」

「那是你們班長吧。他爸爸在建設公司上班。」

「真的？我都不知道。」

「你們倆都安靜一下，好好欣賞這片壯觀的鮮花地毯。」

「爸爸，你有百圓銅板嗎？我想看這裡的望遠鏡。」

「百圓？拿去。」

「你們也來看看。那片粉紅色地毯的地方。是不是用白花寫了字？」

「……真的耶。」

註：以家庭爲單位，成爲某寺院的信徒，在經濟上支持該寺院。

「Remember 3.11。」

「欸，有人來了。以往我們從來沒有在這裡遇見其他觀光客。啊，您好。不好意思……有點失望耶。」

「媽媽，別這樣。」

「趁這個好機會正好問一下，千香真的不用報考中學？如果去唸中高一貫制的學校，大學之後要怎麼選擇可以慢慢思考喔。」

「現在為什麼是好機會？」

「聽到小正的名字，我就想起來了嘛。因為他媽媽是督促小正上面兩個哥哥都考上國立附屬名校的強人。」

「太厲害了……」

「我想和小惠他們念同樣的學校。而且我們已經說好了要一起加入輕音樂社。」

「那樣離家也近。」

「可是，在區內的公立中學之中，那是倒數前幾名的學校喔。」

「就算去唸好學校，如果不用功還不是一樣。況且，今後社會究竟會變成怎樣還很難說呢。爸爸上班的地方和景氣復甦好像也無關，說不定又會裁員之類的。我倒覺得不用勉強，念公立學校就好。」

「……」

「……」

「爸爸媽媽聲音都太大了啦。」

「國中的社團活動很忙碌。妳今天時間真的沒問題？」

「嗯。放學後和週六週日整天練習，好像也不太好。所以今天休假。」

「休假啊。上了二年級，會變成以千香你們這一屆為中心吧。練習可能還會增加。」

「暑假結束之前，三年級學長不會退出，所以我們依舊是打雜的。重點是，還沒好好道謝讓我一直耿耿於懷。爸爸，謝謝你送的黑管。能夠擁有自己的樂器簡直像做夢。」

「不客氣。比起中高一貫制的私立學費要便宜太多了。」

「這種話，不可以在媽媽面前說。在媽媽背後說好像也不公平。」

「說得也是。對不起。」

「媽媽應該已經到了吧。」

「臨出門前，她還說能不能想辦法吃了小鍋炊飯和油菜花天婦羅之後再走，特地事先查閱電車時間呢。」

「這裡的車站不停特快車，所以要回媽媽的老家，必須換車再換車繞一大圈遠路吧。她到底是多喜歡那間店。」

「大概是想吃點美食，打起精神再回去吧。畢竟這次要談的不是什麼愉快的好事。」

「我雖然裝作不知情……」

「妳都聽見了？」

「其實我一直在偷聽。」

「喂喂。」

「因為那個伊口先生，打從一開始給人的感覺就不太好。我很好奇麻美阿姨怎麼會看上這種男人。」

「你們果然是母女。妳媽媽也說了同樣的話。」

「媽媽講得更難聽吧。媽媽說阿姨想趁著四十歲之前結婚過於心急，才會抓住那種不是什麼好貨色的男人。」

「實際上的確不是什麼好貨色。離過兩次婚，還有三個小孩，他居然都瞞著。」

「這種事，想隱瞞就能瞞得住才可怕。」

「千香妳也要小心。」

「沒關係。反正我應該不會結婚。」

「啊？」

「對啊，我周遭沒有一個人結婚後看起來很幸福的。不只是我們家和親戚，我的朋友家裡也是。」

「這個……也許不是看起來不幸福，只是沒有動不動就刻意表現出幸福吧。」

「是這樣嗎？我不懂。」

「千香也到了說這種話的適婚年齡啊。」

「適婚年齡。哈哈。」

「上展望台吧。零錢我已經準備好了。」

「……爸爸，很遺憾。那個百圓望遠鏡已經沒有了。」

「真的耶。只剩下底座，這是怎麼回事，太慘了吧。」

「或許是懶得來回收百圓銅板？」

「也許派人來回收的成本更高。」

「歸根究柢，這裡到底屬於誰？」

「應該是縣政府吧，不過也可能意外是私有地。搞不好這裡也是鬧鬼景點。」

「別說了。這樣很差勁。或者該說對死者太不敬了。就算沒有望遠鏡，不也能看見那片花海嗎？Remember 3.11。」

「嗯，看得很清楚……」

「感覺心情都肅然起敬。」

「大地震那天的事，妳記得嗎？」

「那時我都十歲了。記得很清楚喔。在班上，大家都躲到桌子底下。我旁邊座位的同學，平時其實沒那麼要好，那天我們卻緊緊牽著手。」

「爸爸只祈求，千香活到百歲高壽為止，都不會再發生那種事。」

嗶嚕，嗶嚕，嗶嚕。

「妳媽媽傳訊息來了。」

「她怎麼說？」

「她說抵達後一看，透過外公的人脈請來的律師已經先到了，一切全部交給律師處理。」

「對麻美阿姨來說，那樣比較好。外公也是，都那麼大年紀了，腰也不好，如果揍伊口先生，反而是自己會受傷。」

「妳媽媽說，很想來這邊，還問小鍋炊飯那間店有沒有改變。」

「到底是多愛吃。」

「千香這樣一笑，和年輕時的媽媽一模一樣。」

「雖然聽了不是很高興，姑且還是說我很高興吧。否則，爸爸大概會哭。」

「好久沒來這裡了。有三年沒來了吧？」

「上次是千香和我兩個人來的。千香國一的第三學期。」

「噢，對了。當時我回娘家了。正好是麻美一大堆問題的時候！」

「對對對。所以我是三年沒來，但妳應該有五年或六年沒來了吧。」

「大概是因為這個關係，總覺得這個展望台變得很落魄。好像有點髒兮兮。」

「我也這麼覺得，所以不是知美妳的錯覺。有段時間還重新粉刷牆壁和鋼筋，放置投幣式望遠鏡，也擺著桌子和高腳椅呢。」

「大概是地主換人了？停車場也很髒。」

「那已經變成只是停車用的空地了。機器也全部撤走了。」

「這種地方也有歲月流逝的痕跡呢。」

「不過，景色沒變。還是很壯觀。」

「放眼所見都是油菜花，不知到底有多少棵。」

「數都數不清……妳幹麼那樣笑？」

「咦，你沒聽見？上個月，我們不是約麻美和森村先生聚餐嗎？那時候，我媽問森村先生，到底覺得麻美哪一點好，那個人一本正經地回答，麻美的優點多得數都數不清。」

「我沒印象。在那家中餐廳？」

「對。吃著北京烤鴨。」

「我當時大概喝多了。」

「因為我爸和你都喝得興起，又追加了紹興酒。」

「岳父一定很高興吧。」

「我也很高興呀。麻美終於不再獨守空閨，真是謝天謝地。我爸媽也已經不年輕了。」

「上次我和千香兩個人來這裡時……」

「對了，那孩子說百圓望遠鏡沒有了，非常失望呢。」
「她當時對我說，她不要結婚。」
「是喔。」
「因為周遭沒有人婚後看起來過得幸福。」
「果然像中二病少女會說的話。」
「我希望麻美得到幸福。幸福得足以讓千香改變想法。」
「他倆都是步入中年才頭一次結婚。已經不可能生孩子了。兩人努力工作賺錢，買間高層公寓就好了。」
「……說到這裡，今天的小鍋炊飯，妳不覺得味道變得有點淡？不是鹹味不夠的意思，我是說好像少了鮮味。」
「哎呀，你也這麼覺得？」
「嗯。是因為我們吃的是新面孔煮的嗎？」
「不是不是。做飯的是老闆喔。那個新面孔，是老闆娘的弟弟。聽說是老闆生病住院開刀，所以來店裡幫忙。」
「今天有提到那種事？當時客人太多，我忙著打招呼點菜……」
「沒有提到這件事喔。我是追蹤老闆娘的推特，所以才知道。老闆是三個月前住院的，老闆娘的弟弟從那之前就來店裡幫忙了。他本來在東京的咖哩店工作，據說把那邊的工作辭了，全家都搬過來了。」

「是喔，我都不知道。那間店還有推特？」

「我隨意上網一搜索就出現了，起初我也嚇了一跳。那間店本來就沒有固定公休時間，老闆生病後，更是免不了臨時歇業，所以為了讓常客不至於白跑一趟，據說就開始在推特上放出訊息。」

「炊飯的味道變淡，或許是因為老闆住院期間，每天吃的都是清淡的醫院食物吧。」

「天婦羅倒是酥酥脆脆很好吃。自己在家炸，絕對炸不出那種味道。」

「看著如此美景，結果我們聊的都是吃的。」

「很沒氣質吧。」

「沒那回事。在這裡深呼吸，可以吸入滿懷山下的花香。」

「就算這樣，也不是什麼值得一提的好事。」

「……會嗎？」

「對不起。我這種女人很討厭吧。尤其是最近。」

「怎麼突然講這種話。」

「我自己也在反省，也很努力。可是，好像就是做不好。」

「我對妳可沒有什麼不滿。」

「那是因為你很能忍。千香也說過我。她說媽媽整天抱怨，是自我中心的女王。」

「那不是中二病，是高二病吧。她這個年紀就喜歡放冷箭，說些刺傷母親的話。」

「今天那孩子沒有一起來，也是因為我。我們從上禮拜就處於冷戰狀態。你沒發現？你大概太忙了。」

「你們母女倆是為了什麼吵架？」

「各種原因。千香說我個性不好。她說我瞧不起晚婚的麻美，還老是抱怨你換了部門後只有上班的天數增加薪水卻沒變多，還有給我爸買電動看護床的錢……」

「那不是妳自己出的嗎？用妳打工存的錢。」

「她說我就像給了天大的恩情似的，動不動就趾高氣揚，所以外公外婆很可憐。」

「……還是看風景吧。」

「被我這種人看，花也很可憐。」

「別傻了。」

「我是很傻。又傻又壞心眼而且講話難聽。」

「看花看花。今年應該也看得見Remember那行字吧。」

「啊~花沒有變。景色也沒變。」

「就我記憶所及，每次來這裡好像都沒下雨。連烏雲都沒有。總是大晴天。」

「因為我們平日積德行善。不過，小鍋炊飯真可惜。」

「要是沒看那張結束營業的告示就好了。看了好想哭。」

「這個展望台也是，逐漸變成廢墟真可惜。」
「你們兩個，都別把身體靠在欄杆上。說不定欄杆生鏽已經很脆弱了。」
「今年是最後一次來這裡了。四處繞一圈看看，另外再找個不錯的場所吧。老公，你帶了望遠鏡來吧。」
「爸，你買了望遠鏡？」
「是尾牙玩賓果拿到的獎品。是二等獎喔。因為主辦人喜歡野鳥，據說對那個圈子的人來說是很受歡迎的好貨色。」
「……那樣的話，應該不適合遠眺大範圍地區吧。」
「Remember 那行字，看得很清楚呢。」
「千香，你們社團宿營也要來這邊吧？我記得是下個月？」
「宿營可能要等到黃金週連假。在那之前，我就要退社了。」
「退出社團？為什麼？」
「因為根本沒有打網球。每次都是聚在一起喝酒。簡直浪費時間。」
「大學裡面，沒有輕音樂愛好社？」
「有是有，但是聽的都是嘻哈音樂。我當然不討厭嘻哈，但我是吹黑管的。」
「川北也要一起退社？那妳跟他的交往怎麼辦？」
「不知道。而且他喜歡和那些男生熱熱鬧鬧地一起玩。」

「好吧，照妳想做的意思做。可別被男朋友牽著鼻子走。」

「上次做法事時，我和麻美阿姨聊到那個，結果外婆插嘴說，如果太任性自我，小心像麻美一樣晚婚。」

「哎呀呀。」

「外婆原來也會說那種話啊。她總是笑咪咪的，或者不該這麼說，但我還以為她只是個溫順的傳統婦女。」

「怎麼可能只是個溫順的傳統婦女。她可是我這種人的母親。」

「妳這是在炫耀？」

「就算外公死了，她不也絲毫沒有陷入低潮。哪像妳奶奶，爺爺一死，整個人都縮小了一圈。妳外婆可沒有那麼乖巧可愛喔。」

「今後她會暢所欲言嗎。」

「如果聽了不爽，直接頂回去就行了。我都這樣做。」

「知道了。我也是媽媽的女兒，很擅長頂嘴。」

「你們兩個，還是看花吧。」

「哎喲，差點忘了。」

「這裡，腳踩著有點危險喔。啊，好像不妙。算了。」

「媽，那個背包，看起來很重。妳幹麼不放在車上？」

「妳說這個？呃……我想如果可以在這裡吃應該不錯所以就帶來了。結果沒有桌子，地上又髒，顯然不可能。還是到車上再打開吧。」

「打開什麼？」

「便當。」

「便當？」

「我試做的。因為老闆娘把小鍋炊飯的食譜公開了。」

「妳帶了整鍋炊飯來？」

「怎麼可能。是在家煮好，做成飯糰裝在保鮮盒帶來。還有燙油菜花。天婦羅我技術不好，而且怕噴到油不敢做。抱歉。」

「……沒關係啦，媽。如果是飯糰，就在這裡吃吧。我想在這裡吃。」

「也好。妳等一下。我去找找看有沒有可以當桌子的東西。」

「不是那間店的小鍋炊飯的味道喔。雖然照著食譜做，做出來還是不一樣。」

「不過，那是回憶的滋味。下次我也在家做做看大茶碗蒸。」

「那間店的茶碗蒸，真的是特大號。唯獨那個是老闆娘做的，聽說如果事先預訂，就會在蒸蛋裡加上烏龍麵做成小田卷蒸。真希望當初早點知道。」

「老闆過世，幾乎和外公是同一個時間吧。」

「是啊。好像來來回回住院好幾次。老闆娘想必也很辛苦。」

「那間店全靠他們夫妻倆經營，收掉一定很難過。」

「他們好像有孩子，但至少在推特上，沒有出現過這方面的話題。也許有什麼苦衷吧。」

「我們家每次都在那間店吃小鍋炊飯和油菜花天婦羅和燙油菜花，卻對他們夫妻幾乎一無所知。」

「喂，你們看這個怎麼樣？」

「啊，這是什麼。從哪找到的？」

「展望台裡面，放在架子後面。」

「是塑膠做的吧。形狀好怪。」

「管他的，只要堅固耐用就行了吧。媽媽，便當，便當。」

「等一下，先用濕紙巾把這上面擦一擦。」

「媽媽，謝謝。」

「這是和這個展望台的惜別會。」

「就算道別了，春天和鮮花依然在這裡喔。」

「哇，看起來好好吃。我要開動了！」

吃同樣的飯與菜，春日天晴朗。　平和

後記

對於拿起本書的各位，首先要深表謝意。謝謝各位。不知各位是否喜歡這十二首俳句和十二則短篇小說的世界？在後記這個部分，我想簡單說明一下本書是如何問世的。

那是大約十四年前的事了，我和一群透過工作熟識的幾乎同年代的人，組成「ＢＢＫ」這個聚會。每隔三、四個月至半年就定期聚集唱卡拉ＯＫ。每次，每人必定要表演一首新歌。藉此可以對新的音樂積極抱持興趣，同時想必也有助於防止老年失智——基於這樣的宗旨，將「防止失智卡拉ＯＫ」簡稱為ＢＢＫ。成員共有十五人。

話說，二〇一二年的夏天，我邂逅《可怕的俳句》（幻冬社新書）這本書。作家兼俳人兼翻譯家的倉阪鬼一郎先生，以「可怕」這個關鍵字挑選古今許多俳句名作編纂而成。如果按照篇章順序一路看下去，不僅可以學習俳句從芭蕉到現代的歷史，倉阪先生對每一首俳句周詳且淺顯易懂的鑑賞、解說也很精彩，令我深受感動。

正好就在這段期間，我的工作重心放在撰寫江戶怪談，對各種媒體如何表現「可怕」頗感興趣。透過這本《可怕的俳句》，過去從來沒接觸過的十七字音的俳句世界，深深吸引了我。我開始閱讀各種俳句作品集及俳句評論集，於是當然自己也想寫上一首，但我畢竟是大外行，不知如何踏出入門第一步。而且俳句素來被稱為「座間文藝」，人們齊聚一座進行創作有其重大意義。就算獨自沉吟，也不算是真正意義上的悠遊於俳句世界。

於是，我臨機一動決定邀請ＢＢＫ的成員。就算只有幾人感興趣願意加入也沒關係。沒想到我鼓起勇氣開口後，竟然所有人都興致勃勃地參加了。而且，和只透過看書了解俳句的我不同，他們有的參加過俳句會，有的跟隨老師學習過，甚至有實際創作經驗的成員也不少。

因此，「ＢＢＫ」也帶有「防止失智俳句會」之意。從此，我一邊切磋琢磨一邊愉快地寫俳句，但我畢竟打從骨子裡是個小說家，在苦思拙劣的俳句之餘，也開始思考能否將俳句作為小說的題材。

然後我想到的，是「以ＢＢＫ會創作的俳句為標題，撰寫一萬兩千字至一萬六千字左右的短篇小說」這個點子。

用一首俳句當作小說標題，和鑑賞、解釋那首俳句不同。短篇小說的故事就算和標題那首俳句的作者原始創意分歧也大有可能，但是成員爽快同意了。他們表示即使如此也無所謂，反而更感興趣自己的俳句會變成怎樣的短篇小說，於是我決定開始執行這個點子。

在那個當下，也確定了《凡凡彩句》這個短篇小說集的書名。我們ＢＢＫ成員在俳句方面的本領還很「平凡」，卻期盼能夠吟詠出像法式糖果BONBON那樣精緻美麗、多彩多姿的俳句。這個書名帶有我的心願，只盼我以俳句為題材創作的短篇小說集也能多彩多姿。

值得欣喜的是，ＢＢＫ俳句會開始活動後，成員的家人也共襄盛舉一起投稿。放在卷首第一篇的〈枯萎向日葵〉這首俳句的作者——俳號好子女士，就是俳號客過的母親。客過在講談社負責編輯拙作《糊塗蟲》系列作，好子女士當時湊巧和我是同一款遊戲的同好，因此一直有書信往來。俳句會成立後我大吃一驚！原來她遠比我們更資深，是長年來持續創作俳句的大前輩。因此，好子女士在BBK俳句會也成為我們的老師，我們屢屢因好子女士創作的自由奔放且充滿幻想的俳句怦然心動。

這本短篇集問世前，好子女士已離開人世，至今仍令我不勝遺憾。我很想告訴她：終於完成編輯，成書出版嘍。

第一集的十二首作品，尚無法涵蓋全體成員的俳句，我希望能繼續出版第二集、第三集。也盼望能珍惜「凡凡」的眼光，以及從日常生活中發現彩色亮點的俳諧之心，繼續創作下去。

令和五年四月吉日　宮部美幸

俳句作者　簡歷

好子　柔軟自由又帶點驚悚的俳句風格是其最大魅力。第一本俳句集《乾枯向日葵》付梓兩個月後往生。享年八十五歲。

薄露　謠傳生於俄國的廣島縣人。從事出版業多年，最近幾乎都在居酒屋和鐵路及舊書店度過。

若好　在S社參與少女漫畫及文藝約四十年。只要有葡萄酒和電影就能活（自己是這樣覺得）。

客過　生於《沙拉紀念日（註一）》七月六日，短歌雜誌總編輯。平時比起俳句主要活在「七七（註二）」較多的世界。

矜香　書評家。與擔任作家北方謙三氏秘書時的卡拉OK同好開始寫俳句。喜歡一邊吟詠十七文字一邊插花的時光。

獨言　模仿隸屬於某團體創作俳句的友人，以外行人之身擔任BBK俳句會的主持人。

今望　愛知縣名古屋人。去年自B社屆齡退休。閒人開始立志當俳人。

灰酒　生於鹿兒島長於日本各地。如今落腳於神田川畔。愛酒愛花有耳鳴的六十二歲。

石杖　去年自K財團離職，靠著「現在是一人編輯企劃」勉強餬口度日。

蒼心　自S學館屆齡退休後的第二人生，是挑戰四十年前的夢想！目前「擔任配音員的同時，也做編輯」。

青賀　任職SEGA的公關部門時，認識了愛打遊戲的宮部小姐從此踏入俳句世界。現為某動畫公司代表。

平和　生於靜岡縣富士市。喜歡芋頭燒酒現年六十歲。一如俳號所示，熱愛和平。

註一：俵萬智的第一本短歌集。一九八七年於河出書房新社出版，暢銷一時。

註二：俳句是五、七、五共十七音，短歌則是以五、七、五、七、七的形式組成三十一音。

日常生活中的詩意與恐懼

台大慶明文學講座博士後研究員　路那

（本文涉及謎底，請讀完正文再行閱讀）

《凡凡彩句》是宮部美幸於二〇二三年出版的短篇小說集。近年來，宮部的創作主力大抵放在時代小說，《凡凡彩句》的現代背景因而顯得相當難得，但它卻也奇妙地與江戶時代有所牽連：宮部美幸的創作靈感，源自倉阪鬼一郎編著之《可怕的俳句》，以及宮部友人所創作的俳句。

所謂的俳句，是發源於日本的文學形式，可視為具有固定格式的短詩；其源流則來自於和歌中的「俳諧連歌」。所謂的「連歌」，即多人連作之和歌，而「俳諧」則是指的則是「俳優詼諧」，為一種與傳統和歌比較起來，相對較為輕鬆的風格，其首三行稱為「發句」，即俳句最早的型態。「俳諧連歌」盛行於江戶時代（一六〇三－一八六七），松尾芭蕉即於江戶前期創作了大量的發句；明治時期，正岡子規提出「俳句革新運動」，將「發句」確立為「俳句」，成為一種獨立文類。傳統上來說，俳句由五、七、五共十七個日文音組成，其中必須納入可以讓人判斷季節的「季語」。但如同所有文學形式，有規定，就會有打破規定的人一般，俳人河東碧梧桐、荻原井泉水等提出「季題無用、定型無視」的文學主張，自由律俳句於焉誕生。

由俳句的淵流，則不難理解為何宮部美幸於本書後記中指明「人們齊聚一座進行創作（俳句）有其重大意義」——俳句雖為個人的文學創作，但卻也是誕生於聚會之間的詩句。再者，相較於和歌之雅正，俳句無疑是有著更為貼近生活的面向。宮部美幸的小說，素以善觀人心見長，與俳句的特質也顯有暗合之處。此外，由於俳句字數有限，因此俳人通常以具體的意象所建構的畫面，去建立詩意的空間，表達意在言外的情感或思想。而「意在言外」本身，即具備了歧異性的可能。作為小說家，宮部美幸對這樣的可能性自然是十分敏感的，而這也就成了《凡凡彩句》的誕生基底：宮部以朋友的俳句作為起興，在詩意之間開闢出故事的空間。

《凡凡彩句》合計收錄了十二個故事，各篇以俳句為首，分別是〈呼喚枯萎向日葵，有那廝回首〉、〈利剪一揮盡刎首，滿庭雞冠花〉、〈禮物有大衣圍巾，還有羊皮靴〉、〈凋謝皆為結新果，朵朵桃花紅〉、〈遠自異國來拜訪，佳婿洗墳墓〉、〈雲遮月隱真面目，方才尚為人〉、〈窗邊苦瓜綠簾幕，結出兩顆瓜〉、〈下山之旅每一站，皆有山花開〉、〈薄暮青苔滿墓石，一隻小蜥蜴〉、〈玫瑰凋落丑三刻，出現的是誰〉、〈晴朗冬日出遠門，徒步送葬行〉、〈吃同樣的飯與菜，春日天晴朗〉。由於俳句乃起興之作，因此題名雖有季語，故事也恰好是十二個，與一年的月份相符，但小說內容卻不必然與俳句和季節有關聯。不如說，光看詩句，往往難以想像故事本身的內容將如何開展。「接下來會遇到什麼樣的故事呢？」在閱讀本作時，對未知的好奇心簡直就是絕佳的調味料。這或許也是宮部在本作中不拘泥類型，將日常、懸疑、科幻與靈異等雜揉各篇的目的之一吧？由類型的觀點來看，《凡凡彩句》便是一盒無法預料接下來發展的故事巧克力。

然而，即使雜揉類型，本作卻也並非全然發散。綜觀十二篇短篇，不難看到各篇故事的核心都與戀情或家庭有關，而主述人物則多以女性或孩童為主。由於當代組建家庭的基石係以感情為尚，因而兩者間頗有互為表裡之樣態，也就形成了《凡凡彩句》十二短篇間彼此相互呼應的基調：〈呼喚枯萎向日葵，有那廝回首〉描繪組建家庭失敗的敦子的心境、〈利剪一揮盡刎首，滿庭雞冠花〉則描述了任由幻想彼此「感染」的家庭、〈禮物有大衣圍巾，還有羊皮靴〉講述小學生人在家中坐時遇上的奇妙事件、〈凋謝皆為結新果，朵朵桃花紅〉是相依為命的母女間彼此微妙的競爭意識、〈遠自異國來拜訪，佳婿洗墳墓〉則是母親懷想丈夫的信念與女兒異國婚姻間的故事、〈雲遮月隱真面目，方才尚為人〉描述姊姊紀香在遇到渣男後如何被家人發現與回擊、〈窗邊苦瓜綠簾幕，結出兩顆瓜〉則是日本社會對女性生育壓迫的鬼故事、〈下山之旅每一站，皆有山花開〉談家庭中難為外人道的排擠、〈薄暮青苔滿墓石，一隻小蜥蜴〉談幸福家庭即使無意也難免對破碎家庭造成的傷害、〈玫瑰凋落丑三刻，出現的是誰〉則以令人心驚的渣男擺脫記為引，拉出一段友誼與溫情、〈晴朗冬日出遠門，徒步送葬行〉談傷害與救贖、〈吃同樣的飯與菜，春日天晴朗〉則以對話體描繪歲歲年年流過後，平凡卻幸福的日子。

說來有趣的是，相較於人心，宮部美幸一貫較不擅長描繪的是戀愛，於是當她書寫愛情的時候，多少習慣借助懸疑的設置，讓這本頗具「人情小說」趣味的短篇集結作品，於某些時刻讀來亦有小小的令人屏息的時刻。這些時刻可能會令人聯想到作家生涯早期之作，但我卻覺得其內核已然悄悄地不同了。在《凡凡彩句》中，懸疑的設置與真相的追尋不再是小說家給予讀者的完讀獎品，那獎品如今已然蛻變為小說本身——故事的節奏與翻轉，令人難以想像其開展，卻也完熟地令人找不到匠意之縫隙。於我而言，〈利剪一揮盡刎首〉、〈遠自異國來拜訪〉、〈薄暮青苔滿墓石〉、〈晴朗冬日出遠門〉這幾篇，均頗具此般況味。

除了共通的基調外，《凡凡彩句》收錄的故事，本身也具備兩兩或多重對讀的可能性，如〈呼喚枯萎向日葵〉與〈凋謝皆為結新果〉均為丈夫出軌，但男女方態度不同，造成的結果於是大不相同；〈利剪一揮盡刎首〉、〈雲遮月隱真面目〉、〈玫瑰凋落丑三刻〉、〈晴朗冬日出遠門〉幾篇則可視為跟蹤狂此一主題的多重變奏，〈遠自異國來拜訪〉與〈薄暮青苔滿墓石〉兩篇則可從痛失摯愛卻又面臨有意無意的言語譏諷處併讀……這些故事並非都涉及犯罪，但微妙的是從中卻也能看到犯罪或罪惡孳生的種子或陰影，以及相應的救贖之可能。對此，宮部美幸自己則說，近年來她越發關注女性與兒童的相關案件，因而想要寫下至少一個帶有救贖的故事。但若要在故事中賦予救贖，則針對此前罪惡的描寫則亦無法避免。這便是小說集中那淡淡的陰影之由來吧。

在推理小說中，有一個稱為「日常推理」的次類型。這類的推理小說，雖設謎題，但謎題大抵不涉犯罪。從這樣的原則看來，可推論犯罪普遍被認為是「非日常」的事物。

然而，確實如此嗎？環顧周遭，無論金融詐騙、帳號盜取、權力霸凌抑或感情詐欺、無妄之災的跟蹤狂事件、偷拍陰影等，伴隨著科技的興盛，早已不知不覺間滲入我們的日常生活之中。它們宛如陰濕角落的霉斑，令人心煩又難以根除。《凡凡彩句》的篇名，源自俳人生活中的詩意，而宮部美幸以之發想的故事，則有許多暗合於我們生活中潛藏的恐懼。詩意與恐懼的對比無疑是驚人的，卻也令人更為深刻地感受到，兩者合一，才是生活原本的樣貌。

宮部美幸

作品集 / 78
Miyabe Miyuki

凡凡彩句：宮部美幸現代俳句小說集

國家圖書館出版品預行編目資料

凡凡彩句：宮部美幸現代俳句小說集 / 宮部美幸著；劉子倩譯．-- 初版．-- 臺北市：獨步文化，城邦文化事業股份有限公司出版：英屬蓋曼群島商家庭傳媒股份有限公司城邦分公司發行，2024.06
面；　公分．--（宮部美幸作品集；78）
譯自：ぼんぼん彩句
ISBN 978-626-7415-55-9（平裝）

861.57　　113006934

原著書名 / ぼんぼん彩句・作者 / 宮部美幸・翻譯 / 劉子倩・責任編輯 / 張麗嫻・編輯總監 / 劉麗真・事業群總經理 / 謝至平・發行人 / 何飛鵬・出版 / 獨步文化 城邦文化事業股份有限公司 115台北市南港區昆陽街16號4樓 電話 / (02) 2500-7696 傳眞 / (02) 2500-1951・發行 / 英屬蓋曼群島商家庭傳媒股份有限公司城邦分公司 115台北市南港區昆陽街16號8樓・網址 / www.cite.com.tw・客服專線 / (02) 2500-7718; 2500-7719・24小時傳眞專線 / (02) 2500-1990; 2500-1991・服務時間 / 週一至週五：09:30-12:00、13:30-17:00・讀者服務信箱 / service@readingclub.com.tw・劃撥帳號 / 19863813 戶名 / 書虫股份有限公司・香港發行所 / 城邦（香港）出版集團有限公司　香港九龍土瓜灣土瓜灣道86號順聯工業大廈6樓A室　電話 / (852) 25086231　傳眞 / (852) 25789337 e-mail / hkcite@biznetvigator.com・馬新發行所 / 城邦（馬新）出版集團 Cite (M) Sdn. Bhd. (458372U) 41, Jalan Radin Anum, Bandar Baru Seri Petaling, 57000 Kuala Lumpur, Malaysia.　電話 / +6(03) 90563833　傳眞 / +6(03) 90576622　e-mail / services@cite.my・封面設計 / 蕭旭芳・排版 / 陳瑜安・印刷 / 中原造像股份有限公司・2024 年 7 月初版・定價 / 380 元
Printed in Taiwan　ISBN 978-626-7415-55-9・978-626-7415-50-4（EPUB）

宮部みゆき